しぐれ迷い橋

柳橋ものがたり6

沙子

時代小説

二見時代小説文庫

目次

しぐれ迷い橋――柳橋ものがたり6

しぐれ迷い橋——柳橋ものがたり6　主な登場人物

綾《あや》……………故あって船宿「篠《しの》屋」に住み込みの女中として働くことになった女。

柴崎《しばざき》左京《さきょう》　…無精髭を生やした世捨て人のような御家人。以前は書画塾を開いていた。

お簾《れん》…………柳橋の芸者だったが、船宿「篠屋」のおかみに納まる。

稲葉《いなば》小十郎《こじゅうろう》…御徒町でともに育った柴崎左京の幼なじみにして畏友。

松岡《まつおか》萬《よろず》　……鷹匠組頭の家に生まれた旗本。熱烈な尊皇攘夷論の活動家。

清河八郎《きよかわはちろう》……秘密結社「虎尾《こび》の会」を率いる勤皇の志士。北辰一刀流免許皆伝。

山岡鉄太郎《やまおかてつたろう》…鬼鉄《おにてつ》と呼ばれた若き旗本。

富五郎《とみごろう》………「篠屋」の主。宿の経営は女房任せで無頓着ながら幅広い人脈を持つ情報通。

榎本釜次郎《えのもとかまじろう》…幕府の軍艦、開陽丸の艦長。海軍副総裁、榎本武揚《えのもとたけあき》。

田島勝太郎《たじまかつたろう》(お勝)…父、田島平助と二代続く通詞。フランス語とオランダ語に通じる。

成島《なるしま》柳北《りゅうほく》　…学者として将軍家に仕えた俊才の誉れ高き幕臣。柳橋の伝説の遊び人。

閻魔堂大膳《えんまどうだいぜん》…両国界隈では名の知れた易者。元薩摩藩士。

三遊亭圓朝《さんゆうていえんちょう》　…江戸一番の大人気の噺家。多数の新作を遺す。

善次郎《ぜんじろう》………質屋から札差にのし上がり財を為した「伊勢屋《いせや》」を継いだ若者。

天璋院篤姫《てんしょういんあつひめ》　…薩摩藩から輿入れをした十三代将軍家定の正室。

第一話　冬の朝顔

一

ガタガタッ……と軒《のき》を鳴らして、一陣の風が路地を吹き抜けて行く。

その風に追われるように、綾《あや》は篠屋《しのや》の勝手口に滑り込んだ。

「ただいま、わっ、暖ったかい」

と両手を揉み合わせると、湯気のたつ鍋のそばからお孝《たか》の声が飛んできた。

「あれっ、今、お客さんが帰ったばかりだよ、その辺で会わなかった？」

「私にお客さん？　誰かしら」

綾にお客など滅多《めった》にないのだ。

「ほら、御徒町《おかちまち》だったかね、朝顔作りのお家の……」

「ああ」

御徒町と聞いてドキリとした。このところ忘れていた記憶が、不意に甦《よみがえ》ったのである。

「言付《ことづ》けがあれば伝えるって言ったんだけど、また出直すって。もう真っ暗だし、風が出てきたんで、火の始末が心配だって」

綾はすぐ追いかけようとしたが、思いとどまった。

慶応《けいおう》三年（一八六七）も師走《しわす》に入って、日が短くなるばかりだった。暗い中で行き違ったら、面倒なことになる。

だがここまで来たのは、使用人の茂助《もすけ》だろうし、あの老人がわざわざ来るのは尋《じん》常《じょう》ではないことと思えた。

火の心配をしていたのなら、茂助はこのまま御徒町に戻っただろう。

ある予感があって、じっとしてはいられない。綾はおかみにお使いの報告をしてから、事の次第を説明し、外出のお許しを得た。急いで準備を整え家を出たのは、六つ半（五時）を過ぎていた。

まずは舟で、和泉橋《いずみばし》と浅草橋《あさくさばし》の中間にある新《あたら》し橋《ばし》まで行く。そこから御徒町までは、駕籠で行くか徒歩で行くことになる。

綾はいつだったか、江戸で最も好きな町はと問われて、

「下谷御徒町《したや》」

と答えたことがある。

そこは御徒衆の住む町で、朝顔作りが盛んだった。

町の西側には賑やかな下谷廣小路《ひろこうじ》や、広大な寛永寺《かんえいじ》の境内が広がる。東には、閑静な寺町が浅草《あさくさ》辺りまで続いている。

その廣小路にほど近い上野車坂下《うえのくるまざかした》に、綾は住んだことがあった。

夫を亡くして途方にくれた二十代半ば、亡父の先輩にあたる蘭方医《らんぽうい》の竹井順庵《たけいじゅんあん》を頼ったのである。話を聞いてすぐに順庵は、うちで看護の手伝いをしないか、と言ってくれた。

順庵は当時、六十二、三の高齢ながら、医師二人、看護助手二人を使って、蘭方の診療所を開いていたのである。

妻を数年前に亡くし、女っ気といえば賄《まかな》いの老女だけ。別の町でやはり診療所を営む長男の嫁が、たまにやって来るぐらいだった。

診療を受けに来る患者は、御徒町に住む、御徒衆が多かった。

綾はよくその役宅に薬を届けに行ったり、薬箱を下げて先生のお供をしていたのだ。

町では内職の朝顔作りが盛んで、花どきには朝顔で溢れた。

その見物のため、よく界隈《かいわい》を歩き回った。あちらこちらの庭を覗き、また沿道での朝顔市で何鉢もの朝顔を買い、軒端《のきば》に這《は》わせて楽しんだものだ。

この町で朝顔作りが盛んになったのは、文化《ぶんか》三年の大火のあとという。その焼け跡に、植木屋が朝顔を植えたところ、さまざまな種類の朝顔が美しく咲いたのだ。

土壌が〝朝顔栽培〟に適していると考えた植木屋は、さらに花粉を交配して、桔《き》梗《きょう》や牡丹《ぼたん》に似た珍しい朝顔を、自在に咲かせてみせた。

江戸の人々はそれを〝変化《へんか》朝顔〟と呼んで、珍重した。

この町の朝顔が金になると知ると、御徒衆は自宅の庭を利用して、我も我もと花作りの内職に励み始める。

御徒衆とは徒士《かち》、つまり馬を許されない下級武士のこと。戦《いくさ》の際には、徒歩で主君の前駆をなす兵である。

御家人《ごけにん》と呼ばれるれっきとした武士だが、足軽《あしがる》より上で、旗本の下。

戦がない今の世では、御城の警備と、将軍御成《おな》りの際の沿道の警固しか、仕事がなかった。

だから薄給で、いつも貧乏に喘《あえ》いでいた。

ただ、組ごとに宅地を拝領し屋敷を建て、住まいはある。

その組屋敷にはそれぞれ、杉の垣根で囲まれた百三十坪ほどの庭があった。この庭が朝顔作りに適し、御徒衆の窮状を救ったのだ。

この土地で栽培される〝異花奇葉《いかきよう》〟の朝顔は、不思議な美しさで江戸の人々を魅了し、高値で飛ぶように売れた。

この世ならぬその美しさに、綾もまた魅せられた一人だった。

朝顔に香りはないが、町にはいつも何かの花の匂いが漂っていた。

早朝や夕方、印半纏《しるしばんてん》の植木屋が引く荷車が行き交い、それには朝顔の鉢がぎっしり積まれて、その車輪の音が独特の活気を醸《かも》しだす。

そんな町に、綾は忘れられない思い出があった。

二

一昨年の梅雨のころだったか。

御徒町の朝顔作りは、以前から盛衰《せいすい》を繰り返しているが、この年はいよいよその火は消えかけていた。

どこかで戦があれば、早々と駆り出されるのが御徒衆。

前年には第一次の長州征伐《ちょうしゅうせいばつ》があって、兵が動いた。続くこの年の春には、二度目の長州戦で、将軍家茂《いえもち》が大坂城《おおさか》に入った。

御徒衆の多くはこれに従軍し、朝顔どころではないのである。

そんな梅雨も終わりかけの、長雨が上がった日。

順庵の診療所で働いていた綾は、頼まれた薬を届けるため、御徒町の一角にある組屋敷に出かけた。

患者の田原惣兵衛《たはらそうべえ》は、この春までは現役の組頭だった。

だが雨天には昔痛めた腰が今もじくじく痛んで、五十五を迎えた今年の誕生日に、家督を長男に譲って隠居した。今はその長男が組頭となって、大坂に出兵中である。

この日は長雨で道がぬかるんで、いつもは平坦な道が、水に抉《えぐ》られてデコボコだった。あちこちに水溜りが出来て、歩きにくい。

掘割《ほりわり》が溢れたものか、道全体が冠水《かんすい》している箇所もあった。

それを予想して、綾は雨天用の高足駄《たかあしだ》を履いて来た。

朴《ほお》の木の安物だったが、足に吸い付くようにぴったりしていて、水溜りの縁や、水のない道路端を器用に歩けるのだった。

そんな時、前方の冠水した畑沿いの道に、一組の母子を見た。

むずかる子に途方に暮れている若い母親は、水浸しの道路を、ザブザブと渡って向こう側に渡ろうとしている。

背中に赤ん坊を背負い、左腕に幼子を抱え、右の手に大きな風呂敷包を下げていて、長女と思《おぼ》しき女児の手を取ってやれない。

女の子はそれが気に入らない。

「ほら、下駄《げた》のままで一人で渡るんだよ。……嫌なら勝手におし」

母親は疲れきったように、裾《すそ》もからげずそのまま水に入って行こうとする。長女は泣き声を上げてその腰にしがみつく。

事情を察した綾は、その場で高足駄を脱ぎ、裾をからげ、

「さあ、おいで。抱っこして上げるから」

と駆け寄った。

「お母さん、お手伝いします。ちょっとこれを持っててくれますか」

と煎《せん》じ薬の入った包みを、戸惑っている母親に預け、ヒョイと女児を抱え上げた。

思ったより重かった。

泥水は日向臭《ひなたくさ》くてぬるく、足場は思ったより悪い。

一歩進むごとに、泥濘《ぬかるみ》にズブリと足がめり込む。引き抜いて片足を進めると、片足がズブズブと泥に沈んで、子を落としそうになる。

余計なことをしたと後悔しながらも渡り終え、向こう側の少し高い道の縁《ふち》に、女の子を下ろした。さあこれでいいね、と笑いかけたが、その子はニコリともせず、細い目でジッと見返してくる。

顔色の悪い、おかっぱ頭の、目の吊り上がった子だった。

「ここで待っておいで」

と頭を撫でてやり、引き返そうとしてギョッとした。

背後で綾を見守っていたはずの母娘が、いない。渡し終えた女の子を振り返ると、路地に駆け込む後ろ姿が見えた。

綾は慌ててザブザブと水溜りを元の場所へ引き返した。だが薬箱はもちろん、少し高い場所に脱ぎ捨ててあった足駄も消えている。

赤ん坊と幼子と母親は、どこにも見えない。

呆然《ぼうぜん》と見回すと、母親が履いていたと思《おぼ》しきすり減った日和下駄《ひより》が、左右バラバラに脱ぎ捨てられていた。

その片方は、鼻緒《はなお》の前ツボが切れている。

騙《だま》されたんだと気がついた時、怒りより驚きが先に立った。自分のような貧乏人を狙う者がいるのだと。

綾に抱かれた娘から、綾の背後の母親の姿が見えないはずはない。

初めから幼い娘は、仕込まれていたのだろう。むずがって母を困らせたのは、教えられた演技だったのだ。

思うだに忌々《いまいま》しいが、むず痒《がゆ》い笑いがこみ上げてくる。

むしろ自分のお人好しぶりが滑稽《こっけい》だった。向こう様だって、あの包みの中身が苦《にが》い薬と知って、さぞ落胆《らくたん》しただろう。

薬箱を持って行かれては、戻るしかない。

だが裸足《はだし》というぶざまな姿で、人通りの多い上野の廣小路に入って行く勇気はなかった。

やむなく、古びて黒ずんだ日和下駄に足を通すことにした。

片方の鼻緒は切れているが、もう片方には、色もなくなった鼻緒がまだついていて、使えないことはない。何とかこの一組を突っかけて、どこかの軒先《のきさき》まで行こう。

手拭いを細く割《さ》けば、前ツボを繕《つくろ》うことは出来る。

綾は懐中《かいちゅう》から手拭いを出して、下駄と、泥水で汚れた足を拭いた。恐る恐る足を差し入れると、濡れてぬるりとしている。

ぞっとしたが構わず歩き始めた。この先に、毎年、紫陽花《あじさい》が美しく咲く寺があったはずだ。

通り抜けて行く町は、いつになく静かだった。

通称〝朝顔通り〟と呼ばれる道の両側には、組屋敷の青々した垣根が続いている。朝顔作りの名人たちの家々だった。

例年、花の季節には、庭を覗く見物人がいたが今年はまだ時期が早いとはいえ、庭で作業をする人の姿はほとんど見かけない。

子どもらの遊ぶ声もしない。

綾は道の端を、下駄を引きずりながら脇目もふらず急いだ。

三

ある庭の出入り口の前を通った時だけ、そっと玄関の方を見やった。

組屋敷の庭には、門柱《もんちゅう》や門扉《もんぴ》がないのが普通だが、この家だけは竹の枝折戸《しおりど》をつけている。

そこから石畳が続く先に玄関があり、〝柴崎塾《しばざきじゅく》〟と書かれた古びた表札が、少し歪《ゆが》んで掛かっていた。

ここの庭には、愛想のない世捨て人のような三十前後の武士がいて、よく頰被《ほおかぶ》りをし腰を屈めて作業をしているのだった。

それがたぶん主人の柴崎だろう。いつもわき目も振らず朝顔作りに励んでいるが、以前には書画塾も営んでいたらしい。

だがいつからか塾はやめて、看板が残っているだけと聞く。

今は、多くの世帯主が出兵していて、

「いま残ってるのは、朝顔作りのため出兵を逃れた奴だ」

などと陰口が囁かれている。

それを思い出して何となく目を向けたのだが、その時――。

思いがけなくも玄関がガラリと開いて誰かが出て来た。作務衣《さむえ》姿のお侍だから、どうやらあの人だ。

（そうか、このお方は残留《ざんりゅう》したのか）

と思いつつ、軽く頭を下げて早足で通り過ぎた。

「もし……」

という声で呼び止められたのは、少し行ってからである。

綾はビクッとして足を止めた。たまに目が合っても、何も見なかったように目を逸《そ》らされるから、会釈《えしゃく》など交わしたこともないのだ。

「……はい?」

振り返ると、いかにも世間付き合いの苦手《にがて》そうな、無精髭《ぶしょうひげ》を生《は》やした柴崎が、綾の足元を見ている。

「良かったら、直してあげますよ」

窮状《きゅうじょう》を察して、珍しくも声をかけてくれたのだろう。

「あ、どうも有難うございます。でも、結構です。すぐそこだから……」

有難くはあったが、迷惑でもあった。

こんな下駄を履いているのが気恥ずかしいし、事情を話す気にも到底《とうてい》なれなかった。

「いや、手間は掛かりません」

と相手はさっさとしゃがみ、下駄を奪い取りそうな様子である。綾は観念して腰を屈《かが》め、片方の下駄を脱いで相手に渡した。

「………」

柴崎はそれを目の前にぶら下げて、唸《うな》った。

下駄の台は左右とも斜めにすり減って、今にも向こうが透《す》けて見えそうだ。その年期の入りように、驚いたのだろう。

綾は赤くなって、やむなく事情をかいつまんで話した。

「ほう、それはそれは」

聞き終えて相手はまた下駄を眺め、むず痒そうに口元を緩《ゆる》めた。

「世の中、せち辛くなったもんですな。いや、つい先日、私もやられたんですよ、蛇《じゃ》の目傘《めがさ》ですが……。なに、破れ傘だから惜しくもないが、向こうさんに申し訳なくてねえ」

同じ被害者と思ったものか、相手はやっと親しい笑みを浮かべ、ちょっと中へ……と誘った。

勧められるまま、簡素な表玄関の上がり框《かまち》に腰を下ろして待った。

柴崎と思しき男は、古下駄を式台《しきだい》に揃えて置き、奥に入って行ったが、それきり出て来ない。家はさほど広くはないようで、奥の方で何か話すような小声が聞こえてくる。

そのうち出て来たが、手には、女物の高足駄を下げていた。

「これ、足に合いますかね」

と差し出されたので、綾はうろたえた。

「いえいえ、そんな。どうかお気遣いなく」

使い込まれてはいるが、見たところ上等の桐《きり》の下駄である。

二枚の歯はしっかりしているが、元はぶどう色だったらしい鼻緒は、色褪《いろあ》せて流行《はやり》色の団十郎茶《だんじゅうろうちゃ》のように赤茶けている。

(たぶんご新造《しんぞう》様のものだろう)

と綾は思った。

「私は慌て者ですから、こんな上等なものをお借りして、歯でも折ったらそれこそ大変。それより、細い紐《ひも》の切れ端がございませんか、それで鼻緒は何とかなりますから」

「いや、使い古しで失礼かもしれんが、使って頂きたいんですよ」

と相手は言った。

「余分な物を役立ててもらえば、こんな有り難いことはない」

(でもご新造様のものでしょう)

と言いたかったが、もしかしたら母親や姉妹などの可能性もある。別れた女のものかもしれない。

「ああ、遠慮は無用です。今しがた、下駄を盗られた話を聞いて、これを思い出したんでね」

ここまで言われては、意固地《いこじ》に辞退するのも見苦しい。

「有難うございます。お使いにならないなら遠慮なく……」

「いずれにしてもね、こちらの古下駄、鼻緒を直しても台が持ちませんよ。もう薪《たきぎ》にしかならん」

その無愛想な長めの顔に、笑いがこぼれた。

「私は車坂下の〝竹井診療所〟の綾と申します。お言葉に甘えて頂戴させて頂きます」

と頭を下げると、その人は目を見開いた。

「や、車坂町の順庵先生の……？　うちの親父《おやじ》が生前、ずいぶんと世話になりました。もう五、六年前のことだけど。私は柴崎といいますが、先生によろしく」

この町には順庵先生の患者が少なくないから、綾は驚かない。

「まあ、そうでしたか。ええ、話したら先生も喜びましょう」

有難うございました！……と綾は奥に向かって大声で言い、貰ったばかりの下駄に足を通した。

土間を踏んだだけで、カラカラと軽い音をたてた。

見送って玄関を出て来た柴崎は、古下駄を手に下げていた。

「これは干して薪にします。よく燃えていい肥料になりますよ」

四

それから数日後の、陽射しが強く感じられる午後。

綾は下駄のお礼に、枇杷《びわ》の葉と実を、柴崎家に届けたのである。

話を聞いた順庵が持たせてくれたもので、それは南房総《みなみぼうそう》に住む弟子からの到来物《とうらいもの》だった。

この人は自家栽培の枇杷の乾燥葉と、水も弾《はじ》きそうな艶《つや》やかな果実を、毎年どっさり送ってくれるのだ。

順庵は柴崎とその父親をよく覚えていた。

「父御の名前は忘れたが、息子は左京《さきょう》というた」

そこで、その柴崎左京のご新造のことに話が及んだ。

その人は奥にいて顔を見せなかったから、どうやら臥《ふ》せっているらしいと言うと、順庵は何か考え込むふうだった。

「ふむ、臥せっているなら、これを持って行きなさい」

と枇杷茶の効能や、葉の煎《せん》じ方を買いた紙片も渡してくれたのだ。

「へえ、順庵先生が？」

と柴崎はことのほか喜んだ。

「これはまた珍しいものを。どうかよろしく伝えてください」

柴崎は頷いたが、奥に伝えに行く様子はない。奥はしんと静まっていたから、ご新造は留守かもしれなかった。

それにしても柴崎は珍しく機嫌が良かった。

「興味がおありなら、ちょっと庭をご覧になりますか」

と誘ってくれ、綾を喜ばせた。

庭にはすでに建物の影が落ちて、半分ほどは影になっている。

その影の場所に鉢が配置され、ここから見えるだけでも、ざっと百鉢以上並んでいた。すでに支柱に巻きついた蔓《つる》に蕾《つぼみ》を持ち、開花を待つ鉢、まだ支柱を必要としない鉢など、さまざまである。

さらに奥の作業場には、朝顔市ばかりでなく、〝花合わせ〟に出品する特製の鉢もあるという。

「なにせ暑い日があれば、冷え込む日もあるでしょう。そのたびに、竈《かまど》で火を焚いて温めたり、風を通して冷やしたり……。いろいろ世話したり、試したりで、大変なんですよ」

と左京は説明した。

「いや、大変なのはいつもですがね」

例の〝出兵逃れ〟の風評を思い出したのか、口元に苦笑が浮かんでいた。

「実際に最も大変なのは、咲いたあとの方なんです。変化朝顔作りは、花が終わったあとから始まるんでね」

花から種子《たね》を取って、九月から十月にかけて試し蒔《ま》きをし、出て来た葉を調べて、可能性のあるものを見分け、それを翌年蒔くのだと。

「やっぱり、変化朝顔が夢でしょうね？」

と訊いてみると、

「それはやはりねえ。例えば黄色い朝顔のような、幻《まぼろし》の花を、一度は咲かしてみたいです。変わった花を咲かす時は、気になって夜も眠れなくなりますが。ただ、必ずしも変化朝顔だけじゃない。普通の……例えば、紫の並葉丸咲《なみばまるざき》あたりを、一面に狂ったように咲かせるのも好きですよ」

もともとは、父親が熱心だったという。

母親が早く亡くなり、父と息子の味けない男所帯が長かった。

勝手に蔓が伸び、色鮮やかな花を次々と咲かせる朝顔は、柴崎家の唯一の色であり、救いだった。

それでも少年時代の柴崎は、日照のため鉢を動かしたり、鉢を簾《すだれ》で覆ったりと、二六時中、腰を屈《かが》めて世話を焼く父を、軽蔑《けいべつ》していた。

「武士ともあろう者がこれでいいのか」

といつもムラムラと反抗心が込み上げた。

父ばかりではなく、御徒衆がどこかで嫌いだった。

「まあ、それで何故《なぜ》、ご自身も朝顔作りに入られたんですか」

「そりゃァ、いろいろありますよ。金の問題以外にね」

と左京は笑った。

「儚《はかな》くて、夢まぼろしの花だけど、朝顔って健気《けなげ》なんですよ」

二十代初めのころ、思い屈する事情があって、眠れない夜が続いたことがある。そんなある暑い夏の夜。

少し外気《がいき》を吸いたくなって蚊帳《かや》から抜け出し、下駄を突っかけて庭に出てみたのである。

夜というよりもう朝に近い未明だった。

ようやく暑気《しょき》が消え、冷んやりする闇の中に、庭一面に身を寄せ合う朝顔が薄っすら見えた。今にも咲きそうな蕾を沢山つけた蔓は、その穂先を天に向けて気ままに伸ばしている。

見ているうちその呼吸が肌に感じられた。

そこでは今にも弾けそうな無数の蕾が、開花の時を待っている。張り詰めて身じろぎもせず、〃その時〃を待つ蕾たち。

待ちきれずに身を震わせ、闇の底で花片《かへん》を開き始める乱調の花もある。花が弾けるポンという幻音《げんおん》が、耳に届いたような気さえした。

いま江戸中の朝顔が、〃その時〃を待っているだろう。時が来ると、解き放たれて、一斉に咲きだすだろう。

「私は何だか……神秘を感じましたね。何というか、うまく言えませんが、自然のオキテみたいものがそこに流れ、それを破ろうとする乱調がまたそこにある。自分の抱《かか》える悩みなんか大したもんじゃない……と、その時は思いましたね」

「………」

「ま、そんなこんなで、急に朝顔が気になりだしてね。片っ端から本を読み漁《あさ》ったんですよ。これがまた、実に何とも面白くて。これですっかり嵌《はま》ってしまったんです。例えば……」

と言いかけ、そこで初めて、目をみはって聴き入っている綾に気がつき、急に照れたように話をウヤムヤにした。

「ま、そんなことはどうでもいいんだが……」

「いえ、教えてください。私もぜひ読んでみたくなりました」

「いや、ま、それはまたいつか……。朝顔は読むもんじゃなく、見るもんですからね」

と笑い、足元の鉢を見回した。

「どれでもいいから、ここから一鉢お持ちなさい。そうだ、綾さんが愛する朝顔とはどんなのですか」

「ええ? まあ、どうしましょう!」

綾は頬を赤らめ、胸を高鳴らせて、一面に並ぶ鉢を見回した。

「私は平凡なただの花好きですから、特に……。でもどうしようかしら。あえて挑戦するとすれば……」

と迷ったが、目に止まった鉢を、スッと取り上げた。

普通の大輪の朝顔ではあるが、花弁は滴《したた》るような濃紫、台の中心部から放射状に出る花冠《かかん》が薄い紅色で、夢から醒《さ》めかけの微睡《まどろ》みを感じさせた。

「これ……。ただ、この紅色がもっと、濃くはんなりした方がいいけど」

「ああ、それ、猩々緋《しょうじょうひ》のことですね。何だか朝闇に曙光《しょこう》が射し始めたみたいな……。うん、他を生かす色で、私も好きな色です」

と左京は頷き、一人笑っていた。

この時も、妻女の話は一言も出なかった。

五

この年の夏は天候不順だった。

強い日照りが続いたと思うと、土砂降りで掘割が溢れたりした。

おかげで綾は、柴崎宅から持ち帰った並葉丸咲の鉢に、いつになく気を配った。朝晩の水やりを欠かさず、日光が強すぎても日照時間が長すぎてもいけないから、いつも鉢を動かしていた。

江戸に夏風邪めいた流行り病《はややまい》が広まったのは、蟬《せみ》が鳴き始めるころだったか。

それまで暇だった診療所はにわかに忙しくなった。

介護の疲れで死んだように眠った翌朝、軒端《のきば》まで伝う蔓に、数えきれないほど咲いた紫の花を見ると、疲れが吹き飛んだ。

こんな時、あの言葉がありあり耳に甦った。

「自分の悩みなど大したことじゃない……」

（そうだ、さあ、息を吸って、時を待つのよ）

朝顔と、その作り主を考えていると、わけもなく元気が出た。

だが朝顔市をのぞく暇もなしに、その季節を過ごしてしまった。

そのうち、また御徒町の田原惣兵衛まで薬を届ける日が来た。

日が傾き始めるころに診療所を出て、行きがけに、柴崎宅の前を通ってみた。垣根越しに覗くと、前にそこにあった鉢はあらかた無くなっている。残っているのはあまり手入れされていない鉢ばかり。

蔓が伸びたい放題に伸びてハネ上がっていたり、幾つもの花が咲き終えて萎《しお》れ、垂れ下がっていたりする。

家の中は静かで、玄関横には、前に見た時は蕾ばかりだった木槿《むくげ》の花が、白くたわわに咲いていた。

田原惣兵衛の屋敷は、ここからほど近くにある。先に届け物をして、帰りにまた寄ってみようと思った。


「やあ、綾さん、暑いところすまんな」

綾の顔を見ると、庭で朝顔の鉢をいじっていた惣兵衛は、日焼けした角ばった顔をほころばせた。

「遠路はるばる来てくれたんだ、どうだね、あちらの涼しい縁側で、冷たい茶でも付き合わんか」

「でも、お仕事中だったのでは……」

「なに、もう終わったよ。遠慮するな」

ちと顔を洗ってくる、と汗を拭きながら、裏の井戸の方へ回って行く。綾は木陰になったぬれ縁にひとり腰掛け、蟬しぐれに包まれた。

この屋敷は武門らしく武骨《ぶこつ》でがっしりし、庭が広い。緑陰《りょくいん》に座って見ていると、御徒衆が勢揃いして走り出て行く情景が想像され、時が経つのを忘れた。

やがて、首に手拭いを巻きさっぱりした顔で惣兵衛は現れた。

以前はめったに笑わない人だったが、隠居《いんきょ》してからは笑うようになったと言われる。手には盆を持っていて、そこにはまくわ瓜を盛った皿と、茶碗と麦茶の入った水滴がついた土瓶《どびん》が載っている。

「庭で生《な》ったもんだから、うめえぞ」

勧められて一片を口に入れると、ひんやりした甘い果汁が舌に広がる。こんなうだるような暑い午後にはひとしお美味だった。

「今、柴崎様のお家の前を通って来ましたが、今年はもう朝顔は終わったみたいですね」

雑談が済んでから、綾は何気なく言った。

すると惣兵衛は何か思惑があるように太い眉をしかめ、

「左京か。うん、今年は大変だったからな」

と冷たい麦茶を啜った。

「……もしかしてご新造様の具合が悪いとか？」

当てずっぽうで言ったのだが、思いがけず相手は太い眉を吊り上げた。

「ご新造は、去年亡くなったがな」

「えっ」

「琴江《ことえ》さんといってな。そういや、去年の今ごろだったねえ。ろくな葬式も上げなかったから、知らない人が多いんだ」

思いがけない答が返ってきて、一瞬、耳の中がジージーという蟬の声で一杯になった。

ではあの下駄は琴江のものだろう。

「今年、柴崎様が出兵なさらなかったのは、そのことと関係あるんですか？」

「そりゃァ関係ねえとは言えねえさ」

と惣兵衛は茶を啜り上げた。

「ただ、朝顔作りのための出兵逃れ……と噂されてるが、それは違うぞ。かみさんを亡くしてから、本人がいかにも具合が悪そうでな。見かねてわしが徒頭《かちがしら》に申し出て、出兵を免《めん》じてもらったんだ」

「まあ、そうでしたか」

「そうでなくても、城の警備で何十人か残すんだ、それを柴崎に振っても何の問題もなかろう」

幾らか呑み込めてきた。だがやはり漠然《ばくぜん》とした疑問は残った。

あの時、承諾《しょうだく》を得ていると言ったことや、奥座敷から漏れてきた会話の相手は誰なのだろう。

「まあそれはそれとして、柴崎には打ち込むものがあって良かった」

そこへ玄関の方から、痩せて白髪の老人が回ってきた。

惣兵衛の将棋仲間で、〝塚原《つかはら》のご隠居〟と呼ばれている。今は七十を超えたが、ぎりぎり六十五まで組頭を務め、一昨年に引退。今は長男が家督《かとく》を継いでいるという。

綾の顔を見ると、やあやあといつものように軽口《かるくち》の挨拶をする。

「や、ちょうどいいところに来た」

と惣兵衛は、ホッとしたように、少し離れて腰を下ろした塚原のご隠居に言った。

「今、左京のご新造の話をしておったんだ。いい嫁御《よめご》だったな」

「ああ……お琴《こと》さんか。うん、押しかけ女房だったらしいが、別嬪《べっぴん》だったな」

煙管《きせる》を出して莨《たばこ》を詰めながら、惣兵衛をチラと見た。

「あの嫁が柴崎家に来た時、左京は親父を亡くしたばかりでな、天の配材と思ったがのう。綾さんは、あの嫁御を知っておったのか？」

「いえ、一度もお目にかかってないし、ご不幸も知らなくて」

「ふむ、そういえば、そろそろ一周忌じゃの。去年の今ごろ……そう、朝顔の終わるころだったから」

惣兵衛が言い、二人は内輪話をボソボソと交わした。

左京には縁者が少ないから、早々に再婚や養子縁組の手を打たねば、というようなことらしい。

ただ柴崎夫妻には、何か秘密があるような気がした。

この二老人はそれを知っているが、結束が固く、何を訊いても喋らないだろう。そう見てとった綾は、潮時《しおどき》を見て屋敷を辞した。

帰り道、また柴崎宅の前を通ったが、やはり厚ぼったい西陽を受けて、シンと静まっていた。


出直したのは、それから数日後のことだ。

綾は、診療所の庭に咲き始めた桔梗や撫子《なでしこ》を摘んで行ったのだが、出て来たのは見慣れぬ老人だった。

主人は留守です、と告げられて、綾は亡くなったご新造へのお悔やみを口にし、花束を差し出した。

すると思いがけなく、この花を仏壇に手向《たむ》けるから、縁側に回って見てほしいと言う。言われるままにすると、開け放った座敷に、庭を見渡すように仏壇が置かれている。

そこに花や供物が溢れるばかり供えられていたのは意外だが、綾の持参した花は、老人によって目立つ場所に供えられていた。

綾はぬれ縁の焼香台で焼香してから、ご縁者ですか、と尋ねてみた。

「いえ、手前は茂助と申し、ご実家の奉公人でして」

「はあ、ご新造様のご実家ですか」

「そうです、日本橋は伊勢町《いせちょう》の呉服問屋で……」

「あ、もしかして『大黒屋《だいこくや》』さん？」

大黒屋は、江戸で人気の店だ。

「よくご存知で。一姫二太郎と申して、坊ちゃんがお二人で、お嬢様がお一人のご家庭でした。だからお琴様を、生まれた時から皆で大事にお育てしましたよ。今度のことは何ぶんにも突然で……」

と茂助は思い出したように声を詰まらせた。

「一周忌は、柴崎様がお一人でなさると言われるんで、お盛り物を、ご実家からお運びしたところです」

そんな茂助の話を縁側で聞くうち、意外な事実を知った。

琴江の結婚は、両親に許されたものではなかったというのだ。

両親の反対を押し切って、義絶《ぎぜつ》同然で、着の身着のまま転がり込んだらしい。だが仲のいい夫婦であったらしく、この古い町に、ひっそりと溶け込んでいたようだと。

あの下駄騒動の時、柴崎は仏壇の妻に話しかけていた?

ようやくそう思い当たった。

琴江の両親は姿を見せないが、茂助に命じ月命日には必ず花を届けさせるとか。それやこれやで、茂助は半ば柴崎家の下男になっていた。

六

「今日はどなたも見えんと思うとったら、綾さんというお方が見えましたよ。きれいな秋の花を頂戴しました」

その日、陽が落ちてから帰宅した柴崎左京は、仏壇の世話に来た茂助から、綾の来訪を聞いたのである。

茂助は、行燈《あんどん》に火を入れながら機嫌が良かった。

「朝顔が終わると、この町は寂しくなりますのう、気がつくともう庭に虫が鳴いとって……。綾さんが来てくれて良うござんした。お琴様が寂しがって呼んだんでしょう」

などと茂助は言い、伊勢町に帰って行った。

左京は仏壇の前に座り込んで、新たに手向けられた秋草に目を注いだまま、しばらくぼんやりと時を過ごした。

一人の男のことが目に浮かんで離れない。

その稲葉《いなば》小十郎《こじゅうろう》は、この御徒町に育った幼なじみだ。幾度となく泥酔《でいすい》して介抱し合った呑み友達で、死ぬまで左京には畏友《いゆう》だったのだ。

左京は立ち上がり、茂助が置いて行った徳利《とっくり》から酒を茶碗に満たすと、仏壇に献杯して呑み始めた。

小十郎とは、下谷練塀小路《ねりべいこうじ》の〝一刀流中西道場《いっとうりゅうなかにしどうじょう》〟で会った。

同い年で、同じ御徒町の生まれと知って、たちまち家近くの路地で、棒切れを振り回す仲となった。

二人は親に倣《なら》って、十七歳で揃って御徒見習となった。

生意気盛りだったから、寄ると触ると〝天下国家〟を論じ、親や周囲の大人達をさんざんこきおろした。

「今時、朝顔作りなどに熱中してる手合いは、亡国の徒だ」

というのがこの二人の若者の合言葉だった。

「家計が苦しいといって、内職しか活計《たつき》の道がないとは情けない。花作りなんぞ、天下泰平の世に馴れた能無しの、亡国の暇潰《ひまつぶ》しだ」

と小十郎はさらに舌鋒《ぜっぽう》鋭い。

「なあ、左京、親父たちのように、七十俵五人扶持《ぶち》の御徒組に骨を埋める気か。馬にも乗らず、地べたを這いずり回って将軍様をお守りする。そんな一生でいいのか」

ある時は、こう言い出した。

「左京、徳川はいずれ滅びるぞ。幕府は、手負いの象みたいもんだ。だいたい御徒組なんぞ、戦国時代の遺物《いぶつ》だろう？　俺たちはろくに仕事もなく、飼い殺しにされている。そんな幕府は滅びなくちゃいかん」

頷いて聞いている左京は、小十郎の考えにほぼ同調した。

朝顔作りに熱中する父親や、ギリギリまで引退せず俸禄《ほうろく》をもらい続けたどこぞのご隠居は、能無しに思えた。

といって、小十郎のようにすぐ〝倒幕《とうばく》〟とは進まない。

左京がぐずぐず迷うと、小十郎は哀れむように頷き、今の状態を脱する道を考えようと言った。

幕府による、御家人の人材登用の道は幾つかある。

身分に関係なく、優秀な者は、昌平坂学問所《しょうへいざかがくもんじょ》に通い〝学問吟味《がくもんぎんみ》〟に及第すればい い。資格を得て能力を認められると、西欧への留学生や、使節の随行員《ずいこういん》に抜擢《ばってき》され、自《おの》ずと道は開けていく。

だがこれは大変な狭き門である。

突破出来るのは一握りの秀才に過ぎない。

昌平坂学問所はともかく、勉学するしか道はないと二人は申し合わせ、こっそり阿《オ》蘭陀《ランダ》語《ご》を学び始めた。

小十郎は若いくせに古い書状や、絵図などに興味があり、収集することに長《た》けていた。古物商ばかりでなく本屋にも顔が広く、禁制の異国語の辞書や原書なども手に入れることが出来た。

似たような、現状不満分子が、いつの間にか周囲に集まってきた。小十郎を頭《かしら》として、上野の小路や横丁を呑み歩き、気炎《きえん》を上げた。懐《ふところ》具合が良ければその後、色町へ足を伸ばすことさえある。

特に小十郎はよく小金を持っていて、酔うと、一人で色町に消えることがあった。だが他の者は柴崎宅になだれ込み、雑魚《ざこ》寝《ね》して白茶けた朝を迎えるのだった。


一年経つころ、突然この小十郎が御徒町を去った。

小普請組《こぶしんぐみ》の旗本家に、養子として入ったのである。

跡取りではない男子が、養子として他家に迎えられ、その家督を継ぐのはごく普通のことだ。

稲葉という名になったのは、それからである。

その翌年、稲葉小十郎は、十九歳で勘定《かんじょう》奉行所の〝下級吏員《りいん》資格試験〟に合格。二十歳で支配勘定見習となり、二十二歳には支配勘定出役《でやく》となった。

あれよあれよという間に、地べたを走る御徒組を抜け出し、騎馬で駆ける旗本となって、出世の糸口を摑んだのである。

決められた地べた道を歩く左京には、眩しいような変身だった。

徒士の勤番は五日に一度。つまり五日に一日しか仕事がない。

先人達は残りの日々を、朝顔栽培に当てるしかなかったが、それは生きるための知恵だった、と今の左京は身を以《もっ》て知っている。

だが左京はやはり朝顔には手を出さず、その間、下谷練塀小路の道場に通って、剣術の稽古に打ち込んだ。

今は、防具をつけ〝竹刀《しない》〟で打ち込む稽古が一般的である。

中西道場もそうなっていたが、元来この道場の伝統は、防具はつけず〝木刀〟を用い、打ち込まずに寸止《すんど》めにする〝形稽古《かたげいこ》〟であった。

左京は、打ち込まないことを好んで、形稽古に黙々と励んだ。

打ち込まずに寸前で止めること。そこに、刀で弄《もてあそ》んではならぬ命の手応えが、感じられるように左京は思った。

しかし免許皆伝となるには、まだ時間が必要だった。

左京が免許皆伝になるのは、十二年後の、二十九の時である。

忙しくなった小十郎とは、以前ほど呑み歩くことはなくなった。

だが道場で面白い他流試合があると聞けば、きっと駆けつけてきて、帰りには必ず左京を誘って羽目《はめ》を外《はず》して呑んだ。

「浅草のさる寺の奥座敷で、小さな茶会がある。行ってみないか」

と誘われたのは、小十郎が勘定組頭格の役職について間もないころだった。安政《あんせい》六年夏で、二人は二十五になっていた。

左京は、茶の作法《さほう》は全く知らないからと断ったが、

「なに、旨い茶を一杯頂くだけさ」

と意にも介さない。

ある商家の法要がその寺であり、その後に主人側から、客人にお薄《うす》とお菓子が振舞われる。小十郎は武士だから、別室で直々《じきじき》に饗応《きょうおう》に預かるという。

「その後どこかで呑もう。話したいことがある」

そう言われ、気は進まぬが、酒と話を楽しみに出かけたのだ。

六畳ほどの茶室で待っていると、十六、七の愛らしい娘がしずしずと現れ、チラと左京を見て畳に両手をついた。

「琴江でございます、その節はお世話になりました」

「琴江どの……?　はて、どこかでお目にかかったですか」

左京は動転し、恥ずかしそうな琴江の顔と小十郎を交互に見た。

「忘れたか、あの年の向島《むこうじま》の桜は素晴らしかったぜ」

あ……と思わず声を上げた。

二人で桜を見に出かけた向島の土手で、酔っ払いに絡《から》まれた娘を救ったことがあったっけ。もう何年も前のことだ。

花見客の少ない土手の端で、商家の娘らしい少女とお付き女中に、酒がらみのやくざふう三人が絡んでいた。

まだ御徒見習だった二人は駆け寄ったが、若侍と見て、男らは匕首《あいくち》を抜いて向かって来る。

ここは俺に任せろ、と左京が引き受け、二人の女を小十郎に委《ゆだ》ねた。刀を抜かず、鞘《さや》のままで立ち回り三人を追い払ったのだ。

あの時の小娘が、この女人か……と息を呑んだ。

怯《おび》えて顔を強張《こわば》らせた、顔色の悪いあの娘とは似ても似つかぬない。蕾が開きかけたような、匂うような瑞々《みずみず》しさである。

あのあと、母親が娘を連れてお礼に家を訪ねて来たのは覚えているが、不器用な左京にとっては、話はそこまでだった。だが小十郎の方は違う。その後、何かの理由で琴江の両親に選ばれ、親しく迎えられたのだ。

茶が終わってから挨拶に来た両親に、小十郎は礼儀正しく応対し、傍《かたわ》らの左京をあの時の相棒として紹介したりした。

はっきりとは言わないが、この茶会は、大黒屋の一人娘の許嫁《いいなずけ》を、親戚中にお披《ひ》露目《ろめ》する会ではないのか。

そうと察して愕然《がくぜん》とした。

「一体、いつから、どうやって、琴江どのを手に入れたんだ？」

寺を出て、小十郎の行きつけの料理屋に落ち着くと、左京は真っ先にそのことを尋ねた。

「いや、悪く思うな。出し抜いたわけじゃない」

小十郎は上気した嫌《きらい》で破顔《はがん》し、頭をかいた。

「見た通り、あの人は近いうちに俺の嫁となる。だがそれは、ずっと前から決めていたこと。そう、あの向島事件があった時からだ」

正確には、あの事件のあと、母親が娘を連れて、小十郎の家まで礼にやって来た時という。富商《ふしょう》の美しい内儀《おかみ》に丁寧に頭を下げられるのは、十七歳の御徒見習にも、悪い心地はしなかった。

自分が適齢の武士であり、娘を助けたこの御徒見習が、出世の見込みがあるかどうか見に来たのでは？

凡物《ぼんぶつ》と分かれば、すぐにも手を引こうと。

もし将来性があると見込んだら、援助をして後ろ盾となる。

そんな例は、若き日の勝海舟《かつかいしゅう》をはじめ、周囲に幾らもあること。富商はあの手この手で幕府官僚に食い込もうとする。

見込んだ若者が出世すれば儲けもの。そうでなくても、幕府官僚に知り合いがいれば、何がしかの見返りはあろう。

……小十郎はそこまで考えたが、大黒屋からは特に話もなく、それきりになった。

旗本になって役職を得たいという野望が、この時からその胸に大きく芽生えたのである。

あの娘はまだ美人とは言えないが愛らしく、すでに女を知る小十郎には、きっといい女になるという確信があった。

旗本になって大黒屋に頭を下げさせ、琴江を娶《めと》る。そんな願望が小十郎の野心に火をつけた。

「おれが勘定奉行の配下に入って、旗本になった時、大黒屋の方から近づいて来たんだぜ。思った通り、おれに目をつけてたんだ」

(そういうことだったか)

左京は内心唸った。

小十郎はあの出会いで琴江を見初《みそ》めた。その時点で自分は負けていたのだ。恨《うら》んだりするどころか、むしろ目が開かれる思いがした。

「いや、目をつけられたんじゃない。お前が、大黒屋に目をつけたんだよ。おれの負けだ、おめでとう」

いさぎよく敗北を認めた。ただ苦いものを噛んだような、微かなほろ苦《にが》さを感じずにはいられなかった。

同じ場面を共有しながら、小十郎のようには先を読めなかった。あの琴江のことも忘れていたのに、再会したとたん、一目惚れしてしまったのだから。自分は朴念仁《ぼくねんじん》だと思った。

「今日は奢《おご》るよ、左京、大船に乗ったつもりでどんどん飲め」

そしてこの年の秋、小十郎は十九になった琴江と祝言《しゅうげん》を挙げ、赤坂の武家屋敷に住んだ。

華燭《かしょく》の典《てん》には数人の友人と共に招かれはしたが、それ以後、新婚の小十郎宅を訪ねることはなく、会うこともなかった。

朝顔作りにのめり込んだのはこのころである。

七

耳を疑う噂を聞いたのは、二年後だった。

この文久《ぶんきゅう》元年（一八六一）の前後は、大事件が次々と続いて起こった、激動の時期である。

〝桜田門外《さくらだもんがい》〟で大老井伊直弼《いいなおすけ》が暗殺され、アメリカ人通訳のヘンリー・ヒュースケンが、赤羽橋《あかばねばし》近くで惨殺されている。

〝耳を疑う〟噂とは、一つには小十郎が最近、危険人物すなわち薩摩藩士や尊攘志士《そんじょうし》と付き合っているらしいというものだ。

前に周囲に集まっていた仲間は消え、その顔ぶれが様変《さま》わりしていた。今は過激な言動が目立つようになっているという。

もう一つの噂は、最近の小十郎は赤坂《あかさか》の自宅にあまり帰らず、別の女の元に泊まることが多くなっているというのだ。

(どうなってしまったのか)

左京には、小十郎が琴江を疎《おろそ》かにする理由など思い浮かばない。ずいぶん前に見初め、時間をかけて着々と我が物とした女ではないか。

余計なお節介とは承知しつつ、小十郎に声をかける機会を狙った。たまたま道場で顔を合わせることがあり、左京はその時を逃さず、思い切って近くの居酒屋に誘ったのである。

金木犀《きんもくせい》の匂いが微かに立ち込める、秋の夕方だった。

小十郎は心なし頬がこけ、いつもの颯爽《さっそう》たる雰囲気ではなくなっていた。目が鋭くなり、悪相《あくそう》と言えたかもしれない。

「おまえ、最近、ちょっとまずいんじゃないか」

焼きたての秋刀魚《さんま》をつつきながら、目を上げずに左京はいきなり言った。すでに盃を何杯も重ねていたが、声が震えるようだった。

「え、何が？」

相手も、膳の上のからし茄子《なす》をつまんでいて、目を上げない。

「何がじゃなかろう。ちゃんと家に帰ってるのか？」

「ああ、何だ、そんなことか。もちろんだ。ただ……琴江の方が帰ってこない」

今年初めに流産してから、実家に療養に帰ったきり戻って来ないと。

「家に帰ってもメシがないなら、他に食べに行くだけさ」

「どうして迎えに行かない。待ってるとは思わんのか」

「……待ってるかな」

「むろん待ってる」

「待つ相手が違うんじゃないか？」

「………」

左京は驚いて、目を挙げた。探るように小十郎も切れ長な目でこちらを見ていて、目が合うと言った。

「最近、時々、思うことがある。琴江は、嫁に行く相手を間違えたんじゃないかとね。あれは向島のお前の立ち回りを、よく口にする」

「何を言ってるんだ？　おれには分からん。琴江どのは、お前の迎えを待ってる。お前は忙し過ぎる。せめて今夜は、これからすぐに行け」

二人の間に忍び込む影を吹き飛ばすように、左京は声を荒げた。

琴江が自分に気があるなど、考えたこともない。小十郎の妄想《もうそう》だ。夫婦の仲がおかしくなって、その理由を自分の存在にかこつけたのだ。

「そう思うか、左京。それを聞いて幾らか気が晴れた」

笑いが浮かんでまだ何か言いたそうなのを、左京が先を急ぐように割り込んだ。

「それと、小十郎、付き合う相手に気をつけろ。最近、キナ臭い事件ばかりじゃないか。密偵方《みっていがた》の目がどこにあるか分からんぞ」

「……………」

「こんな時は、朝顔作りも捨てたもんじゃないぜ」

気分を変えようと、冗談のつもりで言ったのだが、

「朝顔か……その手もあるな」

と小十郎は笑いもせず頷き、互いの空《から》の盃に酒を注いだ。

金木犀の香りが濃くなったように、左京は感じた。


そんな文久二年（一八六二）の秋の午後。道場から帰って来て家に近づくと、庭の前に誰かが立っているのが見えた。

まさかと思いつつ急ぎ足で近寄ると、やはり琴江ではないか。あまりのことに、震える思いで中に招じ入れ事情を聞いた。

「あの……小十郎様が、奉行所のお取り調べを受けております。何があったのかご存

知ないでしょうか」

と琴江は青ざめた顔で、震え声で言う。

一昨日に捕縛《ほばく》され、伝馬牢《てんまろう》の揚座敷《あがりざしき》に入れられたというのだ。

「て、伝馬牢だって？　どういうことですか！」

訊かれた左京が、訊き返したのは我ながら滑稽《こっけい》だった。自らを落ち着かせるのに精一杯だった。

「一体どういうことなのか、事情を聞かせて頂きたい」

「はい、その日、私は日本橋の実家におりましたが……」

夜更けに稲葉家の中間《ちゅうげん》が駆け込んで来て言うには、宵《よい》の口、屋敷は奉行所の御用《ごよう》提灯《ちょうちん》に囲まれたと。

小十郎はそのまま連行された。

家は家宅捜索を受け、大事にしていた原書や、錦絵《にしきえ》や、何十枚にも及ぶ絵図などを押収されたというのである。

理由は分からず、まだ差し入れも許されていない。

当面必要な金だけは牢役人に託したものの、不安でたまらずこちらを訪ねたのだという。

もとより何も知らぬ左京には、青天の霹靂《へきれき》だった。

出来る限り調べてみるからと、とりあえず駕籠で琴江を帰したが、この自分を頼ってきたことが、つくづく愛《いと》おしかった。一人になると深い物思いに沈んだ。

小十郎と共に歩んだ記憶が、胸の中に飛び交った。最近それほど会ってはいないが、小十郎に感じる微かな危惧《きぐ》が、現実になったような気がした。小十郎は先を急ぎ過ぎ、走り過ぎている。

まだ二十八歳。まさにこれからという時に、ずんずんと行ってしまった。

左京はまず惣兵衛父子を訪ねてみたが、当然ながら、御徒町には情報は伝わっていなかった。その足で北町奉行所を訪ね、朝顔作りで親しい与力《よりき》に、内々に問うてみた。

しばらく待たされてから告げられたのは、

「不正に金のやりとりがあったか、何かのご禁制に触れたようですね。調べてみるから、もう少し待ってほしい」

二日後に勤番で城に上がった時、長い付き合いで信頼できる幕府役人にも、さらに調べを頼んだ。

そのようにあちこちから情報を集めた結果、一つの事実をつかんだ。

あの小十郎は異人相手に、御禁制の品を、高額で売っていたという事実である。

異国人は当時、日本の書籍や美術品に、非常な興味を寄せていた。錦絵や、画本《がほん》、習字の千字文《せんじもん》、掛軸《かけじく》、江戸絵図などで、土産として盛んに購入したり、国で高値に売るため持ち帰ったと言われる。

ただその売買は外国掛《がかり》が厳しく管理していた。売った品を店では一々記録し、それを町名主がまとめて外国掛に届け出て、代金をもらう仕組みになっているのだ。

特に江戸図が人気で、イギリス公使館などは、その詰所を置く高輪《たかなわ》の東禅寺《とうぜんじ》に、一度に五百枚納めさせて、業者を慌てさせたという。

それを小十郎は闇でやっていたというから、左京は肝《きも》を潰した。

前々から浮世絵や古美術に造詣《ぞうけい》が深く、多くの収集品があるのは承知していた。業者と親しんでいて、その持ち主や流通に詳しく、抜け道も知っていたのだろう。

だがなぜそれがばれたのか。

奉行所役人は、こんなことを囁《ささや》いた。

昨年の五月、東禅寺のイギリス公使館に、尊攘派の水戸《みと》藩士十四人が侵入し、公使オールコックを襲撃する事件があった。

警備についていた外国奉行下の旗本がこれに応戦。邸の内と外で同国人同士の斬り合いが始まって、両方に死傷者が出たが、オールコックは命からがら逃げおおせた。

戦闘が終わり、邸内を見回った警備隊長は、オールコックの私室の机に、贅沢な日本製のビイドロや地図を見たという。

江戸地図などはどこにも出回っているが、そこに見たのは御禁制と思われる蝦夷地《えぞち》の地図だった。

隊長は地図の表紙や題名をとっさに覚え、美術品を目に記憶させた。

あとで外国掛に出向いて、それらを帳簿と付け合わせたが、記述は見当たらなかったことで、不正な売買が疑われた。

その時から内密の調査が始まったという。

小十郎に辿り着いたのはほぼ一年後。詰めの調べは慎重に進められたようだ。

「万一、これが事実だったら、御沙汰《ごさた》はどうなりますか」

左京はおそるおそる尋ねた。

「まあ、役職は剝奪《はくだつ》され、小普請組に追いやられるのは免《まぬが》れんでしょう。ま、その国禁の地図がどの程度のものかですね」

だが背後に富商大黒屋がついており、大枚の金を老中に贈って、減刑を願い出たとも聞いた。

伝馬牢に入れられたまま、小十郎の御沙汰はなかなか出なかった。

切腹の沙汰が下ったのは、その年の終わりである。

不正に稼いだ金が、背後の倒幕集団に使われていたことが明らかとなったのだ。本来は斬首《ざんしゅ》になるところだったという。

小十郎は年が明ける前に、誰との面会も許されぬまま、鬼籍《きせき》の人となった――。

八

酔いに任せて、左京がそんな長い回想に耽《ふけ》っていた夜。

綾もまた順庵にせっついて、古い話を聞き出していた。

ただ順庵は日ごろから口数が少なく、己れを語らぬ医者だった。綾の父の大石直兵衛《おおいしなおべえ》についても、あまり詳しく話してはくれない。

綾が知っているのは、順庵が会津《あいづ》藩の藩医として江戸におり、早くから蘭方を志す開明的な医師だったことだ。

同じ藩医の子に生まれた直兵衛は、この同郷の先輩を頼って脱藩し、江戸に出て蘭学を学んだのである。

だが天保《てんぽう》年間、江戸では蘭学だけではなく、西欧の学問を学ぼうとする機運が大いに高まっていた。

順庵は蘭方医療に専念し、新しい西洋の学問には届かなかった。

だが直兵衛はそんな時流に反応し、医療の他にも新しい言論に傾倒していき、順庵とは袂《たもと》を分かったのだ。

それでも順庵は藩の弾圧を受けて奥医師を辞め、町医者となった。

方向が違ったため、直兵衛のことを語ろうとはしないが、

「困った事があったら、上野の順庵先生を頼りなさい」

と父が綾に言い遺したことに、深く感銘を受けたらしい。

我が娘のように綾を遇し、雑事の合間には医療を教えてくれた。

柴崎の妻については多くは語らなかったが、あれこれ問うと、自分で見聞したことだけを伝えた。

琴江はワケありの再婚と噂されたが、二人は深く愛し合っているようだったこと。

琴江が倒れた時、呼ばれたのが順庵だった。

その取り込み中に、否応なくその背景が耳に入った。

前夫は、公儀のお咎《とが》めを受けて切腹した旗本で、左京の幼馴染《おさななじみ》だったこと。琴江は、激しい心痛や衝撃で心の臓《しんぞう》が弱っていたこと……。

高下駄のお礼に枇杷茶を持たせたことについては、

「いや、左京はあれで男前だからな、また新しい嫁御が来たのかと思った」

と順庵は笑って答えた。

あの御隠居たちの口の重さも、今は理解出来た。

小十郎も左京も、組頭である二人の部下だった。この若者たちの陥った苦境を知ると、自分らが歩んだ焦りと迷いの道を、見るような気がしたのだろう。

「……綾さん！」

と綾は、どこかから聞き覚えのある声を聞いた。

翌日が中秋《ちゅうしゅう》の名月という日の午後、賄《まかな》いの老女から供え物を頼まれ、近くの下谷廣小路まで買い物に出て来たのだ。

通りの外れの菓子店で月見団子を買い、賑やかな大通りを戻って来た時だ。キョロキョロと見回すと、雑踏の中から抜け出てくる、長身の左京を見つけた。

「まあ、お久しぶりです」

左京がそばに立つと、綾は眩しく見上げた。

最近は、この左京の近況が気になって仕方なかった。さして遠くもないから訪ねていけば良さそうだが、それも気後れがする。

「こちらこそ、先日は留守して申し訳なかった」

「いえ、あの……茂助さんがいてくれたから。ご命日だったんですね」

左京は黙って頷き、寛永寺の方を振り返った。

「ああ、診療所はこの近くでしたね。買い物はいつもこの辺で?」

「いえ、たまにです。今日はお月見のお供えを頼まれたんで、ついでにあれこれ買い込んじゃって……」

とお菓子の包みと、買い物で膨らんだ籠を掲げて見せた。

「あ、持ちますよ。久しぶりの晴れ間だし、運動かたがたその辺まで歩くつもりだったから……」

と左京は綾から買い物籠をもぎ取った。そのまま人混みを抜けると、肩を並べて言った。

「先日、朝顔の本の話をしようとして、それきりになったでしょう。実はあれが気になってね。今度、機会があったら、お見せしたい本があるんです。『朝顔叢《そう》』というんですが」

「あ、それ、もしかして青い表紙じゃありませんか」

「持っておいでで？」

「いえ、私じゃなくて、順庵先生が」

「おお、先生も読んでおいでか。これは名著ですからねえ。書いたのは、四時庵形影《しじあんけいえい》という狂歌師でして……」

これが朝顔図譜の古典だ、と左京は我が意を得たように頷いてみせる。

廣小路を抜け橋を渡ると、寛永寺の境内に通じる黒門が見えた。

車坂方面へは右手に行くし、左手に行けば不忍池《しのばずのいけ》である。左京はそこで問いかけるように左を指差した。

「少し遠回りしても構いませんか」

「ええ……」

綾は普通に頷いたが、頬が赤らんだ。

誘われたことが嬉しくて胸がときめいた。こんなことは、亡き夫と付き合い始めて以来ではないかしら。

左京は仁王門前町《におうもんぜんちょう》の横を通って、池の方へ向かう。

「その本には、変化朝顔でも最も珍しい黄色い朝顔が載ってます。〝極黄采《ごくきざい》〟といって、まさに幻の花です」

ゆっくり歩きながら左京は続けた。

「序文を書いた人がまた面白いのですよ。田沼《たぬま》時代の文人で、有名な〝世の中に蚊ほどうるさきものはなし〟の川柳《せんりゅう》を書いた狂歌師の……」

「あっ、大田南畝《おおたなんぽ》でしょう」

「や、ご存知でしたか」

「いえ、ただの聞きかじりですけど」

綾は笑って肩をすくめた。

今は生き別れになっている兄幸太郎《こうたろう》がよく本を読み、面白いと思ったことを、妹に教えてくれたのだ。

「実はこの南畝って人は、御徒町の御家人なんですよ。牛込《うしごめ》の御徒町ですがね。何だか嬉しくなります。あの田沼時代に、すでに朝顔に入れ込んでたんだから」

古《いにしえ》の朝顔好きの御徒衆に、左京はひとかたならぬ親近感を覚えているようだ。

仁王門前町を進むうち、左手に、この秋の長雨でたっぷり水を湛《たた》えた不忍池が見えて来る。池には弁天島《べんてんじま》が見え、その周りに小舟が浮かび、水鳥が舞っていた。

左京は池に沿った人けのない静かな道に入って行く。

「もう一冊は、『朝顔三十六歌撰』です。これは服部雪斎《はっとりせっさい》の絵が素晴らしくて、何度見ても飽きませんよ」

と楽しそうに続けた。こちらの序文は、北町奉行だった鍋島直孝《なべしまなおたか》が書いているという。

「鍋島直孝って人は、有名な朝顔栽培家でね。出版は嘉永《かえい》七年、ペリーが二度めに来航した年です」

「へえ、江戸中が、開国で大騒ぎになってる時、朝顔にかまけていたお奉行さんがいたんですねえ」

綾の言葉に、左京はさらに楽しげに笑った。

九

綾も笑いはしたが、この時、前から歩いてくる者が気になった。

女の子である。

この池の端を、一人で歩くにはまだ幼いように見える。

どこから出て来たのか？　土手下から上がって来たように見えたが、近くに船着場でもあるのか。

左京も女の子に気を取られているようだ。

その子がみるみる近づいて来て、綾は予感が的中したのを知った。

少し前、水溜りの前で母親にむずかっていた、あのおかっぱの女児ではないか。三つ、四つに見えたが、抱いてみると意外に重かったから、六つくらいかもしれない。

「あんた……」

近づいて来た子に声をかけると、女児は吊り上がった目を細め、早口で言った。

「おねえちゃん、あたいの背後《うしろ》を見て。家が見えるね？」

目を上げると、なるほど少し先に水茶屋と船着場が見えている。

「あの裏に、お侍さんがたくさん隠れてるよ、逃げて」

言いざますれ違って、そのまま駆け去った。裸足だった。

待って……と追いかけようとしたが、

「振り返っちゃいけない！　そのまま進んで」

と何を察したか、隣の左京が低く鋭く言った。

「言う通りにしてほしい、何気なく進むんです」

「…………」

「前に五、六人、後ろから二人ついて来る」

「…………」

「私が声を発するまで、そのままで。声が聞こえたら走って逃げて、人を呼ぶ……」

左京の声は低くなったが、ゆっくりした歩調は変わらない。

はいと震え声で答え、綾はひたすら前方を見て進んだ。

あの女児の出現が不思議だった。この辺に住んでいるのだろうか。船着場で遊んでいて、男たちの会話を聞いてしまい、土手下から覗いてみたら、綾が見えたということか。

あれこれとそんなことを思った時、

「ヤアッ！」

と裂帛《れっぱく》の気合いが、水辺の澄んだ空気を切り裂いた。

隣の左京が、突然、土を蹴って高く飛び上がったように見えた。

その瞬間、ギャッという鈍い叫び声が聞こえ、左京の声を合図に逃げるはずだった綾は、思わず叫び声の方を見てしまった。

視界の端に、がっしりした男が空に泳ぎ、首の辺りから赤い血を滴《したた》らせているのが見えた。

左京は飛び上がって振り返りざま、右手に持った刀で、男の首の急所を、容赦無く叩き斬ったようだ。

男は刀を飛ばし、その場にがっくり頽《くずお》れた。

血の匂いが鼻をついた。

途端に、顔を黒布で包んだ男たちが四、五人、前から駆け寄ってきて、素早く左京を取り囲んだ。左京が態勢を整える前に、有無を言わさず斬ってしまおうと目論《もくろ》んだのだろう。

中の一人が、いきなり八双《はっそう》の構えで踏み込んでいく。

俊敏《しゅんびん》な動きだが、それより左京の動きが早かった。眼前で刀を受け止め、鋭い金属音が響き渡った。左京は微妙に相手をかわしていた。

大きく揺れた相手を突き飛ばし、這いつくばったところへ、残りの男らが短い叫びをあげて一斉に斬り込んだ。

すれ違いざまに、左京は一人を袈裟懸《けさが》けに斬り、目にも留まらぬ速さで囲みを破った。

素早く一本の柳の木を背景に立つと、大声で怒鳴った。

「おぬしら、何度言ったら分かる！　私は、稲葉小十郎を密告してはおらんぞ！　それでもなお逆恨みする愚か者がいたら、遠慮なくかかって来い！　一刀流中西道場免許皆伝の柴崎左京、容赦なく相手してしんぜしよう」

言い終わらぬうち、一人が踏み込んで行く。

だが左京にかわされ、腰を思い切り蹴られ、勢い余って池に飛び込んだ。あとの二人が逃げ出す姿を目にして、綾は腰が抜けたように、その場にへたり込んでしまった。

左京が助け起こしてくれるまで、動けなかった。

荒い息を吐いている左京の腕の中で、一瞬、気が遠くなったようだ。

やがて奉行所から役人が駆けつけてきたのは、近所の人の通報だろう。辺りには死体が一つ転がり、二人が深手を負って呻《うめ》いている。

左京は役人に説明を求められ、綾に目配せして連行されて行った。

厳重な取り調べを受けたようだが、もちろんお咎めはなかった。

奉行所はすでに、御徒町の御家人柴崎左京にまつわる噂を、摑んでいたのだ。小十郎の仲間が、ずっと左京を付け狙っていたと。

小十郎が切腹に追い込まれたのは、左京の密告のせい、と思い込んでいたのである。

雪になりそうな、凍てつく夜だった。

新し橋まで竜太《りゅうた》の舟で送ってもらった綾は、舟を下りて運良く駕籠を拾うことが出来たのである。

十

左京が帰ったのだろうかという、一縷《いちる》の望みがあった。

実はあの事件のあと、一度も左京と会ってない。

あのあと少し経って、上方《かみがた》へ向かう新たな一隊に志願し、左京は江戸を出たというのだった。

噂によれば左京が人を斬ったのは、あれが初めてだという。自ら志願したのは、何か思うところがあったのだろうと。

綾もまたこの時期は多事多難で、左京を訪ねる余裕もなかったのだ。

高齢の順庵先生が、もらい風邪をこじらせて倒れ、しばらく寝床を離れられぬ日が続いた。そのまま起き上がれずに他界したのは、この長州征伐のあった慶応《けいおう》元年（一八六五）の暮れである。

竹井診療所は長男が継ぐことになり、他の土地にあった診療所を畳んで、時を置かずに一家が引っ越してきた。

それを機に、綾は進退を考えた。

このまま居てほしいと引き止められはしたが、父と慕う順庵亡きあとの勤めは辛かった。医療を教えてもらう楽しみもなく、ただの下働きであれば、思い切って違う世界に飛び込みたかった。

だが、なかなか行き先が決まらない。決まるまで診療所を手伝いながら、ここに居させてもらった。料亭の仲居になったり、呉服屋に奉公もしたのだが、いずれも一月《ひとつき》経たずに辞めてしまったのだ。

また奉公先を探してかけずり回る日々。そうした行きか帰りに、何度となく御徒町の柴崎宅の前を通り、庭の中を覗いた。

しかし伸び放題の生垣に囲まれた奥の家に、人の気配はなかった。

その年の夏の終わり、すなわち昨年、柳橋の篠屋を奉公先と決めた。それからはなりふり構わず夢中で働いたのである。

ともすれば御徒町に駆けつけ、灯火がついているか、朝顔は咲いていないか、確かめに行きたい日があった。

左京に逢いたい思いに突き上げられ、家を出て、途中で引き返したこともある。

左京の心は、琴江に奪われている。左京の作る朝顔は、琴江の面影を追っての幻だった。自分が入り込む余地などないのだと。

そんな今年の七月、茂助が篠屋を訪ね当てて来て、左京の消息を伝え、美しい朝顔の鉢を置いて行ったのである。

左京は今年の六月ごろに一度、使い番として江戸に戻ったという。

その時、ありあわせでこの朝顔鉢を丹精《たんせい》し、茂助に託して、また上洛《じょうらく》したという。

今年の半ばごろから、京に倒幕の火の手が上がっていた。

土佐《とさ》、薩摩、長州が結託して、京で倒幕の密約を結んだという報が流れた。〝挙兵討幕〟の声が一挙に上がり、いつ戦が勃発《ぼっぱつ》するか分からぬ事態となり、御徒組の残留組を率いて上洛したのである。

「これはこれは！」

舟を下りて駕籠に乗り換え、冷え込む町をひた走った綾は、懐かしい柴崎宅で、茂助の驚きの声に迎えられた。

茂助は慌てて冷え冷えした座敷の行灯《あんどん》に火を入れ、火鉢の火を掻《か》き熾《おこ》した。

「夜分にすみません、何だか、急がなくちゃと思って」

と綾は周囲を見回し、声を震わせた。

「ご用は何ですか？　左京様が帰られたのですか？」

「いえ、実は今日、御城から報せが届きましたのです。旦那様は先月から、消息が分からなくなったと。銃撃された状況からして、亡くなられた可能性があるとのことです……」

「…………」

綾は絶句した。

京には、今のところはまだ大きな戦闘は起こっていない。

そんな京の市中には、〝ええじゃないか〟とひたすら唄い踊る得体の知れぬ一団が練り歩き、束の間の〝極楽〟を謳歌《おうか》しているという。

だが幕軍と薩長軍は一触即発の状態にあった。

両者が接する最前線ではしばしば小競《こぜ》り合《あ》いがあり、そのたびに、巻き込まれて命を落とす者や、行方知れずになる者が出るという。

左京はある日、高官の護衛で京の町を歩いていて、四辻《よつつじ》で薩摩藩士の一団と鉢合わせした。どちらが先に避けるか、小競り合いとなり、先に相手方が刀を抜いた。左京はいつものように、腕に自慢の数人と共に楯となり、高官を逃した。

だが追われて皆は市中に逃げ、戻ったのはわずか一人。発砲されたそうで、二人は死体で見つかり、あとの二人は撃たれたらしいのだが、左京の消息は分からず、まだ死体は見つかっていないという。

綾は茫然として、言葉を探した。

「……では、生きておられるかもしれませんね」

「手前はそう思っていますが……。ただ旦那様は江戸を発《た》たれる前、手前に言い置かれたことがございました」

と茂助は仏壇の横にある、長方形の藤の籠を抱えてきた。

〝自分に何かあった時は、騒がずに、静かにこの屋敷を撤退してほしい。その時、この中にあるものを、綾さんに渡してほしい〟

左京はそう言い残して、家を発ったという。

「何かあったのは確かですから、手前は言付かった通りに致します」

茂助は気を利かせて行灯を近くに寄せてくれ、その柔らかい明かりの中で、綾は中の物を取り出した。

二冊の本だった。

あの不忍池の端で説明を受けた『朝顔叢』と、『朝顔三十六歌仙』の美しい表紙の本が、掌《てのひら》にずっしり重かった。

「まあ……」

感動が胸に溢れ、本を開くこともせず、ただじっとその重みを手に感じていた。左京の総《すべ》てがそこにあるような気がした。

だが、もっと何かある。

綾は中を覗き込んだ。底にあったのは、くるりと巻かれた掛軸にも出来そうな、縦長な絵であった。

行灯に近づけてそれを広げてみて、息を呑んだ。

朝顔の絵である。

左京がこつこつと、江戸での少ない時間を費やして描いたものだろう。夜明けを思わす底が薄明るい闇の中に、朝顔の葉が一面に茂っていて、蔓が勝手気ままに伸びている。

蔓には、開花の時を待つ幾つもの蕾がついていた。

その手前で、大輪の紫の花が一輪、大きく咲きかけている。

中心から放射状に伸びる花冠は、左京によれば猩々緋というのだろう。暁《あかつき》の空の色が花弁を朱に染めていく寸前の、華やかだが、儚《はかな》い色合いである。

〝時を待ちきれずに開く乱調の花〟と左京は言ったっけ。

まだ咲いてはいけない自然の摂理を破って咲く花であり、その乱調への左京の愛が、染みるほどに伝わってくる。小十郎も琴江も、そんな乱調の花に違いない。

じっと見ていると涙が溢れた。

自分が好きだと言った花を、左京も愛してくれたのは、もしかしたら一念が通じたのだろうか。

この紙の花自体が、底知れず寒い冬の中から咲いた、変化朝顔のように綾には思えた。左京はもしかしたら生き延びて、こんな花を咲かすつもりではないかしら。

そんな夢を、この花は感じさせてくれる。

「雪になりましたな……」

という茂助の声が聞こえた。

第二話　月に吠える

一

「鞭声《べんせい》粛々《しゆくしゆく》……夜、河を渡る……」

暗い大川べりの土手をほろ酔いで歩くうち、そんな詩が、ふとその武士の口から洩《も》れた。

川風は身を切るように冷たいが、火照《ほて》った肌には気持ち良かった。

人けもない淋しい道だが、時々、暗い川面を滑っていく舟の灯りが和《なご》ませてくれる。

慶応三年十二月初めの、底冷えのする夜だった。

この幕臣の名は松岡萬《まつおかよろず》。浜町河岸《はまちようがし》の商人屋敷を、五つ（八時）前に出たばかりだ。

その裏が土手だったから、酔い覚ましをしてもう一軒行こうという心づもりで、少し川風に当たろうと思った。

同じくこれからどこぞへ繰り出すという二人の部下に提灯《ちょうちん》を預け、無灯でひとり川べりに出た。

折から下弦《かげん》の月が東の空に上がっていて、足元は何とか大丈夫である。

新大橋《しんおおはし》を右手に見、詩を吟《ぎん》じながら、両国橋方向へと向かう。

ちなみにこの詩は頼山陽《らいさんよう》の作で、川中島《かわなかじま》の戦いをうたったもの。

上杉謙信《うえすぎけんしん》が、武田信玄《たけだしんげん》の機先《きせん》を制するため、夜陰に紛《まぎ》れて妻女山《さいじょざん》を下り、敵に気づかれぬよう、馬をなだめながら粛々と千曲川《ちくまがわ》を渡って行く場面である。

この作者は、松岡が師事した頼三樹三郎《みきさぶろう》の父だった。

三樹三郎は、安政《あんせい》の大獄で囚われ不遇の死を迎えたが、生前よくこの詩を口にしていたものである。

松岡が熱烈な尊王攘夷《そんのうじょうい》論者になったのは、敬愛して止まぬこの師のおかげだった。

今、こうして吟じていると、伝授された勤皇《きんのう》思想が、改めて胸に滾《たぎ》り立つ。

鞭《むち》を使って馬をなだめ、敵に悟られぬよう粛々と川を下る戦士の姿が、幕臣にもかかわらず勤皇を唱える我が身に重なってくるのだった。

松岡は鷹匠組頭《たかじょうくみがしら》の家に生まれた旗本で、二十九歳。

萬が生まれたころは、将軍お抱えの鷹匠も、まだ羽振りが良かったのだろう。だがこの年には、ひとしなみ失職状態にあった。

幕府存亡の危機にある今、鷹狩りのごとき将軍や大名の特権的な遊びが、許されるものではない。

実際、八月には鷹を訓練する鷹場《たかば》が廃され、十月の大政奉還《たいせいほうかん》では将軍職までが廃され、幕臣は大混乱に陥っている最中である。

幸い松岡は、江戸でも強豪に数えられる剣の達人だったから、浪士取締役に抜擢された。

堂々とした体軀の持ち主で、性格も純情な明朗剛毅《めいろうごうき》の情熱家、眉の下にらんらんと光る目に射竦《いすく》められれば、盗賊まがいの浪士など、ひとたまりもない。打ってつけの人材と見込まれたのも、むべなるかなだった。

今宵、富裕な絹織物問屋の饗応に預かったのは、店を襲った盗賊を捕らえた上、金品を奪い返した功があったからである。

初めて味わうような美酒に酔い、謝礼は断ったものの、ただの駕籠代だからと無理やり金一封を懐にねじ込まれ、今夜はひとしお川風が心地良かった。

ひとくさり吟じた辺りで、川に下って行く石段が見えた。

石段はくの字になっていて、左に斜めに下ると、途中から右に斜めに折れている。そこから下を覗き見ると、暗い岸辺で竿を垂れる釣り人の姿が黒く見えた。

「……何が釣れるかね」

何かしら気が弾んで、機嫌よく声をかけてみる。

返事はなかったが、海に近いこの辺りではマハゼがのぞめるかなと思う。冬の落ちハゼは脂《あぶら》がのって旨い。

（ま、邪魔はすまい）

と引き返そうとした時、その釣り人がふと振り向いた。

「…………」

淡い月明かりに浮かんだその顔を見て、松岡は息を呑み、面《めん》を打たれたような衝撃に立ち竦んだ。

その歪んだ顔は妙に白っぽく、額に滴《したた》る鮮血を浮き上がらせている。

（おのれ、化け物が！）

持ち前の向こう気の強さから、松岡は刀を抜いて、暗い急な石段を一気に駆け降りたのである。その顔を見るのは、これは何度めか。

こんな物に怯える松岡ではないと、思い知らせてやろうと思った。

だが抜刀して立ちはだかる松岡を見て、釣り人は仰天《ぎょうてん》し、飛び上がるようにして身構えた。

「ややっ、お武家様、ど、どうしなすったんで？」

「…………」

松岡も呆然と立ち竦んでいた。

釣り人は寒さよけに手拭いで頬かむりをしており、顔を見せていない。その顔が白く見えたのは、手拭いだったのだ。

(見間違いだ)

とすぐに分かった。だが振りかぶった刀のやり場に困り、刀の先で相手の手拭いを指して怒鳴った。

「それを取れ、顔を見せろ！　この辺りに下手人《げしゅにん》が逃げ込んだ」

「人違いだ。あっしは何もしちゃいません。近くの布団屋の駒造《こまぞう》といやァ、子沢山《だくさん》の働き者で名が知れてまさぁ、勘弁してくだせえよ」

言いつつ、引きちぎるような勢いで手拭いを外した。

下から現れた顔は、〝化け物〟とは似ても似つかぬごつごつした丸顔で、夜の闇に紛《まご》うほどの色黒だった。

「すまなかった、人違いだ」

松岡はすぐに詫び、懐を探って、先ほど富商が無理やりくれた〝足代〟の総《すべ》てを、相手に押し付けた。

「子どもに何か買ってやれ」

と言うや、逃げるように石段を駆け上がって、その場を去ったのである。無性に強い酒が呑みたかった。

だがこれから行くつもりでいた店は、嬌声《きょうせい》とびかう妓楼《ぎろう》である。あそこは駄目だ。

もっと静かで、帰りやすい所。そう考えながら大通りへ出てしゃにむに歩き、最近行ったことのある柳橋の方へと向かっていた。

二

この夜、『篠屋』に遅い客があった。

最近、夜更けの客は少ないので、おかみは風邪けを理由に早めに引き上げたし、女中のお孝もお波《なみ》も早仕舞いだった。

「お客さんがあったら頼んだよ」

と引導《いんどう》を渡されていたから、綾が応対に出るしかない。

玄関にのっそり立っているその客は、筋骨逞《たくま》しい堂々とした容姿で、腰に白柄朱《しろつかしゅ》鞘《ざや》の大刀を帯びた武士だった。

だが精悍《せいかん》なその顔は、寒さのためかひどく青ざめていた。

「一人だが、いいか？」

二階を指差して短く問う姿を見て、ああ……と綾は思い出した。

(あの人だわ)

先月の雨の夜に寄った、三人連れの幕臣の一人である。

たしか隊列を組んで市中見廻りの途中、雨に降られ、両国橋辺りで解散になったように聞いていた。

その一人が、腰に見事な大刀を帯びていたのを覚えている。

「どうぞどうぞ。先日、お寄りくださいましたね」

思わず言うと、相手はこわばっていた頰を少しゆるめた。

「おう、覚えておったか。そうだ、あの時、傘を借りた松岡だ。傘はいずれ持ってくる」

「あら、いいんでございますよ。使って頂ければ宣伝になりますから。さ、ここは寒いからお二階へどうぞ」

綾は先に立って二階に案内した。

丸行灯の灯りを強くし、火箸《ひばし》を手にして熾火《おきび》をかき熾し始める。

松岡は火鉢のそばで、器用に動くその手元をじっと見ていた。

だが一体、何を思ったものだろう。この堂々とした武士が、いきなり火鉢越しに手を伸ばして、熾火を火箸で摑んだ綾の手を、ぎゅっと握ったのである。

「あっ……」

と綾は思わず声を上げた。だが次に続くはずの、何をなさいます、の言葉は喉《のど》の奥に呑み込んだ。

代わりに、すかさず左手を引っ込めて、パチッと松岡の大きな手を叩いたのである。

松岡も驚いて目をむいたが、とっさに出たこの仕草《しぐさ》に、誰より綾自身がびっくりしていた。

「あらまッ、御免なさいまし。私としたことが！　子どものころ、火を扱ってる時は、手を握ったりしちゃ危ないと、よく祖母に叩かれたものですから」

と可笑《おか》しそうに笑って、火箸を置いた。

「さあ、お手をお出しください。今夜は寒うございますからね」

と改めて松岡の武人らしい固い大きな手を両手で挟み、自分の手で揉み込んでさすった。

「まあ、何て冷たい手……。大きな剣蛸《けんだこ》があるから、松岡様は剣豪でございましょうね」

松岡の鋭い目を一瞬、何かがよぎったようだ。

「剣豪が冷たがってはいかんか」

「いえ。でも鍛えていらっしゃるから……」

「剣豪でも冷たい時は女子《おなご》の手が恋しくなる」

松岡は初めて大きく笑い、自分から手を離した。

「姐《ねえ》さん、何て名前？」

「綾です」

「ふむ。綾女の手はぬくいのう。おかげですっかり温《ぬく》もった」

「私は台所で、いつも火を使ってますから……」

その時、裏階段を上がって来る足音がした。

「火桶はいいですか」

襖の向こうから声をかけてきたのは、船頭の六平太《ろっぺいた》である。

「ああ、そこに置いといて」

カタンと火桶を置く音がして、足音がまた下りていく。

綾は、顔には出さずに小さく笑った。先程の小さな叫び声を聞いて、気をきかせたのだろう。

酌婦《しゃくふ》ではない綾が、夜更けに酔客《すいきゃく》の相手をさせられるのを案じ、それとなく階下で耳をそばだてていたのだ。

「そうだ、呑む前に、帰りの舟を頼んでおこうか」

「あら、今そこに船頭が来たばかりです……六さーん」

綾は声を張り上げて、六平太を呼び返した。すぐに六平太は上がってきて、襖の向こうに畏《かしこ》まって顔だけ出す。

松岡は、これから呑むから、半刻《はんとき》（一時間）経ったら昌平橋《しょうへいばし》まで送ってくれと頼んだ。

「心得ました。手前が確かにお届けしますんで、半刻と言わず一刻でもゆっくり呑んでってくだせえ」

「よし、分かった。まずは熱燗《あつかん》だ」

「へい、ただ今すぐ」

　足音が階段を駆け降りて行く。

「湯豆腐でもお持ちしましょうか」

　と綾が言うと、松岡は微笑して頷いた。

「いいねえ。何が入ってるの？」

「具はお豆腐だけ。出汁昆布《だしこんぶ》を敷いて煮立てて、タレに葱《ねぎ》とオカカを散らして、こうして召し上がって頂きます」

　とアツアツの小鉢をふうふう吹く仕草をして見せる。

「おっ、そいつはいい、それを頼む」

「畏まりました」

　と綾は立ち上がり、トントンと軽やかに階下に下りて行く。

　がらんとして客のいない座敷の一隅に、松岡は一人残された。

　赤々と燃える炭火に手をかざし、じっと見ていると、ここに来るまで頭にこびりついていた想念が、また黒雲のようにムクリと頭をもたげ始める。

　神田川に面した出窓を時々、北風が揺すって行く。

（あれは一体、何だったのだ？）

熱燗を数本空け、火鉢の上で煮えたぎる豆腐を、ふうふう吹きながらつつくうち、たちまち人心地ついた。

「まあ、お顔の色が良くなりましたこと」

鰤《ぶり》の煮物と酒のお代わりを運んできた綾が、くすくす笑った。

「そんなに違うか」

「だってさっきは、カチカチに凍っておいででした」

「ははは……」

松岡は声を上げて笑い、戯《ざ》れ言《ごと》のようにあっけらかんと言った。

「実はつい今しがた、わしは亡者《もうじゃ》を見た」

「ええっ」

驚いてまじまじと松岡を見返して、綾は沈黙した。

「信じないんだな」

「いえ、でもどうして亡者だと思われました？」

「死んだ奴の顔だからだ」

「でも大抵は、見間違いか気のせいでしょう。恐怖にかられて逃げ出しちゃうから、確かめようがありませんもの」

「ははは、図星だ、その通りだよ」

と松岡は冗談めかして言った。

「本当を言えば、わしは釣り人を亡者と見間違えて、斬るところだったんだ。これが恐しい……」

「まあ、でも釣り人が、どうして亡者に見えたんでしょう?」

「偶然さ。ほろ酔いだったから、気の迷いかもしれん」

何かを思い出すように、松岡は目を細めた。

綾はそんな松岡を見て、先ほどの真っ青な顔と、暗い目の色、冷たい手を思い出していた。急にこんな話をするなんて、何と奇妙なお方だと思った。

何かあったのかしら、と疑念が胸に沸き上がったが、階下から綾を呼ぶ声がして、話はそれきりになった。

松岡は立ち上がって窓の障子を開き、雨戸を少し開く。冷たい夜気が流れ込んできて、温まって酒臭い座敷の空気を浄化していく。

鮮やかに輝く半欠けの月が、中空《ちゅうくう》にかかっている。

それを見上げていると、月に吠えるオオカミのように殺気立っていた自分の青雲時《せいうん》代が、鮮やかに甦ってくる。

あのころは、肌の下でいつも血が滾っていたものだ。過去に、喧嘩で人を傷つけたことも、人を斬ったこともあった。

実を言えば、釣り人を化け物に見間違えたのは、偶然とも気の迷いとも言えないのである。それは自分が斬った男の顔だった。

三

松岡は万延元年（一八六〇）から、翌年の文久《ぶんきゅう》元年まで、秘密結社とも言えるある会に入っていた。思えばもう七年も前のことだ。

その会とは、清河八郎《きよかわはちろう》率いる『虎尾《こび》の会』である。

神田お玉ケ池《たまがいけ》近くの清河屋敷の庭に、母屋と廊下で繋がった堅固な土蔵があり、そこを根城に同志が集まって、〝外国人襲撃〟や〝横濱《よこはま》焼き打ち〟などの策を練っていた。

清河は、切れ者で評判の高い勤皇の志士で、当時三十一歳。

頭が素晴らしく良く、理路整然とした弁舌が得意で、剣は北辰一刀流《ほくしんいっとうりゅう》免許皆伝の腕前だった。

　集まる同志は気鋭の十五人。

　幕臣では、玄武館道場の〝鬼鉄《おにてつ》〟と言われた二十五歳の旗本山岡鉄太郎《やまおかてつたろう》、二十三歳の御家人松岡萬がいた。

　薩摩藩士では益満休之助《ますみつきゅうのすけ》、伊牟田尚平《いむだしょうへい》、神田橋直助《かんだばしなおすけ》ら五人。

　さらに広島藩の脱藩浪人・池田徳太郎《いけだとくたろう》、鍼灸医《しんきゅうい》から尊王攘夷運動に身を投じた石《いし》坂周造《ざかしゅうぞう》、片目の剣客安積五郎《あさかごろう》らがいる。

　中でも松岡は活力旺盛な情熱家で、毎回必ず顔を出し、身内にたぎる情熱を熱弁に託して吐き出した。

　松岡に限らず、いずれも血の気の多い、暴れ馬のような輩《やから》ばかり。

　集まれば誰かれなく議論を吹きかけ、論議はえんえん止まず、酒になれば潰れるまで徹底的に呑んだ。

　あげくに泥酔して庭木に斬りつけるなど狼藉《ろうぜき》を働く者や、庭で大の字になって寝込んでしまう強者もいた。

　そんな文久元年の早春のある夜。

夜更けて会がお開きになると、松岡は何杯か酒をあおってから、誰にも断らずにフラリと蔵を出た。

「萬、待て、どこへ行く……」

背後から、山岡鉄太郎の太い声が引き止めた。

いつも会が終わると酒になるのだ。

酔いが回ってくると最近は、山岡が、座敷の真ん中に置いた空《から》の四斗樽《しとだる》を太鼓がわりに叩きだし、皆がその回りを裸になって踊るのが恒例になった。

士気を鼓舞するための〝豪傑踊り〟だ。

宴たけなわには皆、裸になっていたから、〝裸踊り〟とも称された。

「えいやさ、えいやさ！」

とげんこつを突き出し、振り回し、蛮声《ばんせい》をあげて唄い踊る。踊り疲れると休んで酒を呑む。酒が回ると山岡がまた酒樽を叩きだす。

それを繰り返すうち夜が明け、草臥《くたび》れて寝てしまう。

だがその夜、松岡はいつになく気分が高揚して、屋内にじっとしていられぬ思いだった。外に出て、月に吠えたかった。

それを阻止するような山岡の声を振り切るように、松岡は神田川の方へと走り出た。

最初は女のもとへ行こうと思った。だが川べりを上流に向かううち気が変わり、左にそれて鎌倉河岸《かまくらがし》の方へと南下した。

町人の家が続く神田三河町《みかわちょう》を抜けて行くと、江戸城の掘割に出る。鎌倉河岸である。

春まだ早く夜気は冷たいが、酒気を帯びた心身には心地よい。間遠《まどお》な間隔をおいて続く軒提灯の灯りも、酔眼には潤んで見えた。

そんな夜の堀端を、どこへ行くとも決めぬまま、日本橋方向へと進んだ。いかに暗くても、刀さえあれば怖いものはない。

この道を直進すれば、道は堀端を離れ、今は埋め立てられた竜閑川《りゅうかんがわ》沿いに、神田と日本橋の境界を大川方面へ向かっていく。

神田に出るか日本橋に出るか……未だ迷いつつ、埋立地沿いの道をどんどん歩いた。

道には灯りが全く無くなり、真っ暗な闇が行く手を阻んだ。

鎌倉河岸は、江戸城で使う用材の荷揚げ場だから、この辺りには資材や廃材がゴタゴタ積まれ、黒々とした影が連なっている。

それでも川があったころは柳が植わっていたが、安政《あんせい》年間に埋め立てられてから、草ぼうぼうの殺伐とした用材置き場になって、野良猫や野良犬さえ住みつかなくなっている。

　さすがにこの道は殺風景すぎる。

　もっと人けのある場所に出ようと思った。

　うろ覚えの記憶では、この先に小さな稲荷《いなり》があり、その少し先を左へ折れると、神田の盛り場へ行きつくはずだった。

　記憶通りに進むと、確かに、小さな林に囲まれて稲荷社があった。

　今夜は石段の上の祠《ほこら》に灯されているらしい蠟燭の明かりが、道路を仄《ほの》かに照らしている。梟《ふくろう》がホウホウと鳴いていた。

　落ち葉が堆《うずたか》く積もる石段を横目で見、その前を通り過ぎたのだが、松岡はふと背後に誰かの足音が聞こえたような気がした。

　それとなく刀の鯉口《こいぐち》に手をかけ、そっと背後を見やった。

　誰もいない。少し風も出てきたから、気のせいだろう。そう思って歩き始めると、また誰かがついて来るような気がする。

（えい、構うな）

　と迷いを振り切って、足を速めた。

　だがとうに稲荷社を過ぎていて、そろそろ路地があるはずが、まだそこに至らないのだ。何かがおかしい。

再び鯉口に手をかけ振り向いて、ぎょっとした。

通り過ぎたはずの稲荷社が、まだ横にあるではないか。

これは狐《きつね》に化かされたか、と改めて稲荷を見ると、揺らぐ仄かな蠟燭の灯りで、誰かが暗い石段にうずくまっているように見えた。

「おい、お前か、あとをつけてきたのは……」

思わず声をかける。

すると男はゆっくり顔を上げてこちらを見たようだ。

白っぽく闇に浮いて見える顔は血みどろだった。松岡は息を呑んで飛びすさり、刀を振り回した。

(亡者だ!)

これまで恐怖など感じたこともない松岡が動転し、恐怖に襲われた。そのまま前方の闇に突き進み、路地に飛び込んだのである。

どこをどう抜けたかよく覚えていない。

暗い路地から明るい通りへと、ひたすら歩き続けた。

気がつけば、まだ人通りもある明るい町を、狂気のように彷徨《さまよ》い歩いていたのである――。

それから半年経たぬうち、『虎尾の会』は幕府の追及の手を逃れられなくなり、解散に追い込まれた。八人の同志が捕らわれて入牢し、生きて出たのは三人。清河の妻お蓮《れん》も獄死した。

手入れを生き延びた清河八郎も、今はこの世にはいない。

〝幕府は内部から崩壊する〟という予言を残し、幕府の刺客の手にかかって暗殺されたのである。

山岡鉄太郎が考え出したあの豪傑踊りも、一陣の熱風のように若者たちを惑乱して、吹き過ぎた。だがあの酒樽を叩く音は、今も松岡の耳の底に残っている。

四

篠屋の前から、六平太の漕ぐ舟で神田川を上流へ向かった松岡は、昌平橋で陸《おか》に上がった。かなり夜更けていたが、橋近くに住むお君《きみ》という馴染《なじ》みの女を、久しぶりに訪ねる気になった。

自分の冷たい手を、我が手のようにさすってくれた篠屋の女中の手の感触に、情動を覚えた。女に会いたくなったのだ。

お君とはどうにもならぬ腐れ縁で、こちらが行かなければ終わってしまう泡のような関係の気楽さから、いつの間にか数年も通っている。

たぶん気楽さ以上に、その柔らかい肌が忘れられないのだが、その辺りは深くは考えない。女の方も拒まない。

どうやら富裕な商人の妾らしいが、詳しいことは何も語らないし、こちらからも訊かない。

一夜を、ただどっぷりと女に溺れたかった。

この夜も、何もかも忘れて女を抱いた……のだが、今夜は気持ちのしこりが溶けず、眠ったつもりでも頭のどこかが起きていた。

浅い眠りで、人を斬る嫌な夢を見て魘《うな》され、何度も寝返りを打った。

「……どうしたん？」

と思いがけず、先に眠りに落ちていたお君の声がした。明け方にはまだ少し間のある時刻だった。

「…………」

黙っていると、また声がした。

「何かあったの」

「そりゃ、いろいろあるさ」

「……でも珍しいね、あんたが眠れないなんて」

と呟く声がして、やがて微かな寝息が聞こえてきた。

眠れぬままに、頭のどこかに押し込めてきたこと、思い出したくないこと、人には話せないことなど、様々な想念が脳裏をよぎった。

あの稲荷社での事件から六年間もあの亡者に取り憑《つ》かれていたようで、寝覚めが悪くてならない。

その間に、ざわざわと自分の周囲に纏《まつ》わる者がいたのも、否定出来ない。自分が認めなかっただけだ。認めないから恐怖もなかったのである。

外が白《しら》みかけるころになって、やっと松岡は思い決した。

今となっては恥も外聞もなく、洗いざらい打ち明けて、腹を割った意見を聞くしかないと。

誰に打ち明けるって？　もちろん山岡鉄太郎だ。

松岡には、天下無二の頼もしい盟友であり、師ではないか。

話せばどやされるかもしれないが、こんなことを聞いて、事実として受け入れてくれるのは山岡しかいない。

「ごめん」

声をかけると、山岡家の奥はシンとして家族は留守らしい。

「松岡だが……」

と再び案内を請うと、奥から鉄太郎の太い声がした。

「よお、上がって来い」

勝手知ったるなんとやらで、松岡は案内もなしに玄関から上がり、どしどしと縁側に回っていく。

腕に抱えているのは、自宅にあった二升入りの菰樽《こもだる》である。

この日は雨で、市中巡回は昼だけで終わった。

気楽に話しかけられる機会を窺っていた松岡が、

「ちょっとやらんか。聞いてほしい話があるんだ」

と一杯やる仕草で持ちかけると、

「そうか、おれはいつでもいいが、もし良かったら今日の夕方、家に来ないか」

と逆に誘われた。

「実は客が来る。中條《ちゅうじょう》さんなら構わんだろう?」

中條金之助《きんのすけ》は千石取りの旗本で、講武所《こうぶしょ》の剣術教授である。鉄太郎より十歳近く年上だが、千葉道場以来の親友で、文久二年に浪士組《ろうしぐみ》が発足した時は、共に取締役となり、近藤勇《こんどういさみ》や土方歳三《ひじかたとしぞう》など荒ぶる浪人ら二百数十名を率いて上洛した人物だった。

その時は松岡も取締役として加えられたから、ほぼ二か月に及ぶ旅で、苦楽を共にしたのである。

山岡宅でも共に呑んだことが何度もあり、この大先輩の筋の通った誠実な人柄を、松岡は敬愛していた。

「ああ、中條さんなら、願ったりだ。ぜひご意見を拝聴したい。ただし向こうが、おれのバカ話を聞いてくれればだが……」

「大丈夫だ、お前のバカ話は面白いからな」

ならば、久しぶりに大いに呑もうと話が決まった。

伝通院《でんづういん》裏の松岡家から、同じ小石川《こいしかわ》の高台にある山岡家まで、四半刻(三十分)もかからない。

山岡家に来客の時は、妻の英子《ふさこ》は子どもを連れて、隣家の兄高橋泥舟《たかはしでいしゅう》宅に避難することが多かった。大抵が大酒呑みの乱暴者で、酒が入ると騒がしくなり、家が狭いから幼な子が怯《おび》えるのである。

案の定、主人がいる座敷にだけ明かりが灯っていて襖を開けると、火鉢のそばにすでに先客がいた。珍しく、大皿にまぐろ刺身が盛られている。

「やあ、お先にやってるよ」

そろそろ四十に届く、肉厚の引き締まった顔に笑みを浮かべて、中條が言った。

「いや、ご遠慮なく。今夜は大いに呑みますぞ」

と松岡は二升樽を差し出し、気焔《きえん》を上げた。

挨拶を終えると、中條と山岡は、今まで話していた話題に戻った。かつて虎尾の会の参謀だった、池田徳太郎の噂である。

池田は虎尾の会の手入れの時に捕らわれ、一年近く入牢したが、奇跡的に生還した。だがその後、清河が打ち出す倒幕の奇策に同調できず、京でついに袂《たもと》を分かったのだ。

決別の時の徳太郎の捨てゼリフが、

「清河、君の首も細くなったな……」

だったという話は、仲間内に知れ渡っている。

あれから池田は、芸州広島藩《げいしゅうひろしまはん》に復帰。この秋から冬にかけては、薩長と連携しての倒幕運動に、暗躍しているというのだ。

「あの徳さんが本腰を入れるんじゃ、今度は徳川の首が危ないねえ」

と中條は、冗談混じりに呟いた。誰もが徳川の先行きを案じており、座はしばしその話で盛り上がった。

「ところで萬、聞いてほしい話とは何だ？」

中條の話が一段落すると、思い出したように鉄太郎が問うた。

「あ、いや、つまり……」

いざとなれば、どう説明していいか思い浮かばず、言い淀んだ。

洗いざらい話そうと決意したとはいえ、自分が〝辻斬《つじぎ》り愛好者でした〟とは、さしもの剛《ごう》の松岡も口には出しにくい。

山岡が、すでに自分の辻斬りを知っているのは承知の上だが、自ら口にするのはいかにも具合が悪かった。

むしろ向こうから叱られ、責められたかった。

「例の豪傑踊りのことだが……」

苦し紛れに言うと、

「ん？」

と鉄太郎はギョロリとした目を見開いた。

「豪傑踊りがどうした」

「いや、どうしたって話でもないんだが……」

と酒を呷り、つまみの大根の煮物を頬張っていると、

「今思えば、あれは傑作だったねえ」

と、中條が笑いながら口を挟んだ。

「鉄さんが、士気を鼓舞するとか何とか言って、真っ先に太鼓を叩き、真っ裸で踊り出すんだからさ。皆も踊らないわけにはいかなくなるじゃないか」

「裸じゃ、どこにも行けっこないですからね」

と、ここで松岡は話のきっかけを摑んだ。

「そうそう、裸になって騒いで発散するうち、荒ぶる馬も大人しくなっちまう。ありゃア鉄さん、見事な、辻斬り封じ込め策だったよ」

どうやら中條は何も知らぬらしい。

「いや」

と鉄太郎は茶碗酒をあおり、しかつめらしく言った。

「貴公のごとき清廉《せいれん》の士には、無縁の話でござる」

「いや、それがし、確かに虎尾の会とは無縁だったがな。豪傑踊りは何度も踊ったじゃないか。上手《うま》いもんだよ」

と拳を突き出したので、二人は声を上げて笑った。

あのころ、すなわち〝桜田門外の変〟が起こった万延元年のころ、江戸の夜には辻斬りが横行し始めたのである。

それ以前も、新刀の切れ味を試す〝試し斬り〟の悪習は、武士の間で密かに行われてはいたようだ。

だが大老が暗殺されたりして、幕府の土性骨《どしようぼね》が揺らぎ始めると、武士の間に鬱屈《うつくつ》が高まり、ある気晴らしが流行《はや》った。さしたる罪の意識もなく、辻斬りが大っぴらに行われだしたのだ。

虎尾の会が結成されたころに、その時期が重なっていた。

ある時、会が終わると夜の町に彷徨い出る者が何人かいる、との噂が流れたことがある。

「松岡、お前はどうなんだ、馬鹿な真似はしてねえだろうな」

どうやら清河八郎から注意を受けたらしく、鉄太郎が血相を変えて松岡に迫った。

実を言えば、鉄太郎はうすうす知っていたのだ。

それどころか、ある時など現場に出くわしたことさえある。

二人で市ヶ谷《いちがや》の堀端を歩いていて、ふと鉄太郎が目を離した隙に、松岡はスタスタと先に行ってしまった。

遙か先の夕闇の中に、その姿を見つけた時、嫌な予感がした。

逢魔《おうま》が時《とき》とはよく言ったもので、人の姿が朧《おぼろ》に闇に溶けていく夕刻は、わけもなく人を斬りたくなる……と誰かから聞いたことがある。

「やめろやめろ……」

と叫びながら追いかけて行き、人品卑《じんぴんいや》しからぬ武士と睨み合っている松岡の襟を掴んで、ぎりぎりで引き倒した。

相手は腹が据わった武士で、ビクともせず懐手《ふところで》で立っている。

そのため、松岡も斬り込めずにいたらしい。

「どうもご無礼つかまつりました！」

と山岡がすかさず謝ると、

「有難うござる」

と言うなり、腰を抜かしてばったり倒れてしまった。相手は恐怖の余り、固まっていたのである。

五

「いや、どうも面目ない話だが……」

松岡はついに具合悪そうにもじもじと言った。

「鉄さんは、豪傑踊りで、この松岡を止めたかったんだよな。分かっちゃいたが、何ぶんにも俺は、人の言うことを聞かないたちだ」

鉄太郎は黙って呑んでいる。

「ただ、もう足は洗ってる。虎尾の会が終わりになった年の春、出かけようとするおれを、鉄さんが呼び止めたことがあったよな。あれ以来、きっぱり、縁を切った」

「ほう。何かあったのか」

「…………」

「斬りに出かけたんだろう?」

「その通りだ……」

松岡は一杯あおってから、思い切ってあの夜のことを語りだした。

背後で自分を呼ぶ鉄太郎を振り切って、鎌倉河岸の先まで歩き、稲荷社の近くで、自分が斬った男の亡霊を見たことを。

それを人に話すのは初めてだった。

中條と鉄太郎は、静かに杯を重ねて聞いていた。

「あれから六年、自分は、天に誓って誰も斬っちゃいない」

「結構だ。よくそれを打ち明けてくれた」

「あ、いや、話したいのはこのあとなんだ。実はつい二、三日前、その亡霊をまた見ちまった」

浜町河岸の裏手の大川端で、釣り人をあの亡霊と見間違えたことを、正直に語った。あの夜の興奮、特に石段を降りて行く時のワクワク感も、隠さずに話した。

もしかしたら自分は心の底で、久しぶりの誘惑を感じていたのではないか。見間違いをしなかったら、自分は再び殺人鬼と化して、あの釣り人を斬っていたのでは？

そう思うと、たまらない気がした。

「おれはまた、人を斬るんじゃないかな、鉄さん。もしかして一生、やめられないような気がして、怖くてならん」

言って酒をあおり、茶碗をトンと膳に置いた。

酒が回っていた。

「先日、知り合いの坊さんに相談してみたら、亡者に取り憑かれておると。全身にお経を書いてやるから、二十一日間籠れと抜かしやがった……。この松岡、二十九にして、いよいよ狐憑きか何かになっちまったらしい」

「余計な口出しをするのを許してほしいが、松岡くん、おぬしは正直な御仁《ごじん》であるな」

と中條が口を挟んだ。相当呑んだはずだが、少しも乱れていない口調である。

「おぬし、大川端で見間違えたというが、それは見間違いじゃないぞ。やはり、釣り人に乗り移った亡者と思うべきだ。何故なら、鎌倉河岸で見たのも、大川端で見たのも、たぶん……松岡萬の良心の化身だからだ。おぬしがそれを見、こうして苦しむ限り、また辻斬りに戻るなんてことは、あるはずがない」

「中條先輩、よく言ってくれた」

鉄太郎が手を打った。

「その通りだと思う。狐か亡者に取り憑かれて良かったんだよ。そうでなかったら、どうなっていた？」

「………」

「お前はその坊さまに感謝こそすれ、馬鹿にする資格はない。直《ただ》ちに全身にお経を書いてもらい、二十一日でも二百日でも十年でも、籠って来い」

鉄太郎は突き離すような声で言い、茶碗酒をあおった。

松岡はうなだれた。どう言われても仕方がない。あれを見なかったなら、自分は少なくとも鎌倉河岸でも、大川端でも、人を斬っていただろう。

その時、また中條が割り込んだ。

「今更ながら初歩的な質問だがね、松岡くん。辻斬りを止められないのは何故かな。何かの不満解消か？」

「……忘れました。不満なんて、俺にはないですよ。ただ、あえて言うなら……腹の奥がムズムズして、妙に斬りたくなるのかな」

松岡は言葉少なに呟いて酒をあおった
「え、ムズムズだけで人を斬れるのか？」

「あんたには分からん」

「分かっちゃ大変だ」

その時、鉄太郎がつと立ち上がり、松岡の刀を持って奥に消えた。

中條も厠へ行くと言って、座敷を出て行った。

初めて人を斬った時の興奮は、忘れられるものではない。

虎尾の会が始まる前年の春、両国広小路の雑踏で、若い娘を助けたことがある。紺《こん》絣《がすり》の着物に赤い前掛けの、水茶屋娘だった。

「お助けください、追われています」

と訴える娘を追って、人混みをかき分けて来たのは、面長《おもなが》な顔が妙に白い、瘦身の、若い浪人者だった。

松岡は割って入り、体当たりしてきた男を突き飛ばし、衆人環視の中で道端に転がした。

それから一刻ほど後のこと。御厩河岸《おうまやがし》の居酒屋で呑もうとしていた松岡は、数人のゴロツキに襲われたのである。

カッと熱くなり、血が沸き立って抜刀した。

ゴロツキどもは相手にせず、あの男だけを狙った。

懲らしめるつもりで、相手の首元で止めたはずの刃が、勢い余って、首に近い血管を斬った。噴き出す血に若者どもは動転し、負傷した男を引きずって、どこかへ逃げ去った。

自分の剣の腕では、あの刃を首元で止められなかった。ほんの一瞬の過失で、刃が柔らかい肉に食い込んだのだ。

その肉の痙攣《けいれん》が、腕を伝って心を震わせた。

鋭い快感、目くるめく恍惚が全身を駆け抜けたのを忘れられない。

これだ、これが剣というものだ。肉が躍らず、血を吸わない剣なんかあるものか。斬らない剣などあり得ない。

鬱屈して閉ざされていた心が、ワッと解放されたようだった。

その興奮が忘れられなくて、数日後の夜更けに町に出た。

そして次の夜も……。


鉄太郎がドシドシと足音高く戻ってきた。

両手で、空の四斗樽を抱えている。

やおら行燈を床の間に乗せ、座敷に散らばる火鉢やら酒徳利や食膳やらを、部屋の隅に追いやった。

そうして出来た座敷の真ん中に、酒樽の底を上にして置き、自らはその場に胡座《あぐら》をかいて座った。

「さあ、皆で踊ろうや。松岡、踊れ」

言いざま諸肌《もろはだ》を脱いで逞しい筋骨を見せ、樽の底を叩き始める。

だが松岡は、急に酔いが回って脱力し、酔眼朦朧《すいがんもうろう》として立ち上がれなかった。

小太鼓を叩くような音が響きだすと、ヌッと中條が立ち上がった。

「よし、松岡が踊らぬなら、わしが先陣を仕《つかまつ》る。この歳になりゃ、素っ裸とは参らぬがな……」

と片肌を脱いで、尻端《しりは》折《しよ》りをした。

さらに足袋《たび》を脱ぎ、手拭いを額に巻くや、げんこつを突き出して踊り始めたのである。

「えいやさ、えいやさ！」

と鉄太郎が音頭をとると、

「それ、えいやさ、えいやさ！」

と中條が復唱する。

トントントン……と酒樽から打ち出される響きが、お玉が池の清河八郎の土蔵で踊っていたころの情景を、走馬灯《そうまとう》のように繰り出した。

初めのころは、鉄太郎の制止も振り切って夜の町を彷徨ったが、だんだん踊りに加わり、皆の先頭を切って踊るようになった。

鉄太郎の意図を解したから……とは思わない。

深い闇に踏み迷い、戻れなくなりそうな自分を、あの酒樽の乗りのいい軽い音が、元の場所へと引き戻してくれたように思うのだ。

「萬、こっちだぞ、引き返せ！」

と。その音は、今もまた自分を引き戻してくれている。

（そうだ、自分の生きる場所はここしかない。この太鼓の音を叩き出す鉄太郎のそばだ）

死霊に取り憑かれたら、坊さんの言った通り、お経を全身に書きなぐり、山籠りし、滝に打たれるべきではないのか。

（何を甘ったれている、松岡萬！）

そう思い当たった時、やおら諸肌を脱いで立ち上がり、踊りの輪に加わっていた。

踊っているのは中條だけではない。

輪に加わると、懐かしいざわめきに包まれるのを感じた。

見回さなくても、朦朧として薄暗い酒樽の周りを回っているのが、中條一人ではないと分かる。いつの間にか、誰かが踊っている。

誰だあれは……？

虎尾の会の、北有馬太郎《きたありまたろう》ではないか。

そう、早くから尊王攘夷に目覚めて肥前島原藩《ひぜんしまばらはん》を脱藩し、清河塾に通っていた熱心な志士である。来《きた》るべき自らの運命に備え妻子と決別までしたが、志半ばで伝馬牢に沈んだ。

同じ虎尾の会の、片目の安積五郎もいる。運よく伝馬牢は生きて出たのだったが、天誅組《てんちゆうぐみ》の一員となってから捕縛され、京で獄死したと言われる。

清河の内弟子で、男前で皆に好かれた笠井伊蔵《かさいいぞう》もいた。

輝く未来を夢見ながら、夢潰《つい》え、伝馬牢で獄死した若き幕臣である。

おや、拳を突き出し、振り回しながら踊っているのは、清河八郎ではないか。ここにいる誰もが、清河の〝子〟であった。

「えいやさ、えいやさ」

……の声が幾重にも響いて、座敷を密かに揺るがせた。

踊りながら松岡は思う。今後何があろうとも、きっとここへ帰って来ようと。

維新後、松岡萬は駿府藩《すんぷはん》で、鉄太郎や中條金之助らと共に民政に力を尽くす。磐田郡二之宮《いわたぐんにのみや》で、溜め池を埋め立てる計画が持ち上がった時は、村民の強い反対を受けてその中止に奔走し、池を守った。

感謝した人々は、その功績を称えて松岡神社を建立《こんりゅう》。松岡はここに神として祀《まつ》られた。

第三話　麗人

慶応四年（一八六八）は、かつてない淋しさのうちに明けた。

正月なのに、市中を歩くほろ酔いの武士が少ないのは、多くが薩長戦のため京に結集しているためか。また、正月らしい人出があまり見られないのは、物価がべらぼうに上がったせいか。

とはいえ江戸の春は、やはり江戸の春。

冷たく澄み渡った青空にはゆらりと凧《たこ》が浮かんだ。

門付《かどづ》け萬歳《まんざい》の鼓《つづみ》の音や、獅子舞《ししまい》の太鼓の音も町に流れ、から景気とはいえ、正月らしさを醸《かも》し出していた。

一

　そんな三が日も過ぎた、一月十二日の寒い朝。

　市中警備の遊撃隊は、四つ半（十時）ごろ、海からの風に白い息を吐きながら、増《ぞう》上寺《じょうじ》界隈を歩いていた。疾駆《しっく》してくる騎馬の蹄音《つまおと》を聞いたのは、外堀にかかる幸《さいわい》橋御門《ばしごもん》のそばだった。

　隊員たちはとっさに道を譲って、振り返った。
　六、七騎の騎馬の一団が、海の方から寒風を突いて駆けてくる。
　カッカッカッ……と蹄《ひづめ》の音も高く橋を渡るや、一団はアッという間に皆の前を駆け抜け、城の方へと去って行った。

　寒風が枯れた木々を鳴らして吹き抜ける中、隊員らは呆然《ぼうぜん》と突っ立ったまま、しばしそのあとを見送っていた。

「あれは、もしや……？」

　と誰もが思った。

　先頭を切って駒の轡《くつわ》を引き締め、眼光鋭く四方を睨み回していたのは、どう見ても、我らが副隊長の山岡鉄太郎ではないか？

一瞬のことで、続く数騎の詳細はよく見えなかった。だがどの武士も実に見事な身《み》拵《ごしら》えだった。

中でも一人、ひときわ目を引く若い武将がいた。

錦《にしき》の筒袖《つつそで》に、裏金の陣笠《じんがさ》、腰には金門拵えの太刀を佩《は》いており、その馬上の姿は堂々として、その威風《いふう》は自ずと伝わった。

「あの方は……」

皆は驚きを隠せず、騎馬の去ったあとを見やるばかり。

御尊顔《ごそんがん》は陣笠に深く隠れて見えなかったが、あの見事にハイカラな身拵えといい、先頭から三番目で、側近と思《おぼ》しき武将らに前後を護衛されていた位置といい、並なお方ではなかろう。

その先陣を切っていたのが、剣豪で名高い鉄舟《てっしゅう》山岡鉄太郎であれば、職分としても辻褄《つじつま》は合う。

馬上の貴人《きじん》は、上様《うえさま》ではなかろうか？

その前のお方は、会津藩主《あいづはんしゅ》の松平容保《まつだいらかたもり》公だ……と言う者がいた。

だが、まさか、と胸の中で打ち消さずにはいられない。

あり得ることではなかったのだ。

京で、正月三日に戦《いくさ》が始まったという噂は、すでに城下に広まっていた。大坂から京へ向かう旧幕軍が、鳥羽《とば》と伏見《ふしみ》の街道で薩長軍と衝突したと。江戸城に幕軍敗北の急報が飛び込んだのは、一月八日。

まだ正月気分の抜けないころだった。

十五代将軍慶喜公《よしのぶこう》は昨年からずっと京にあって、徳川存続の命運をかけ、薩長との駆け引きに臨《のぞ》んでいた。その交渉が決裂して京を出て、大坂城に入り、京へ向けて出兵を命令。初戦には敗けたが、追っつけ大坂湾には、徳川が世に誇る無敵艦隊がその威容《いよう》を見せるはず。それからは、壮絶な巻き返しが期待されていた。

しかし……。

どう考えても気になったため、隊員の一人が城に上って確かめることになった。だがこの段階では、上様の御帰還は確認出来なかった。

不思議な話があるものだ……とその者はしきりに首を傾《かし》げながら、あちこちでこの話を広めた。

その翌日、篠屋はいつもの朝飯時を迎えていた。

「お早《はよ》うッす……」

と船頭の竜太がのっそり篠屋の台所に入って来た。

「おはよう」

「お早ッす」

上がり框に並んで腰を下ろし、遅めの朝飯を摂っていた船頭らは、チラと目をあげ、それぞれ短く返す。

三が日は切餅四枚入りの雑煮《ぞうに》だったが、今はいつもの山盛りの麦飯としじみの味噌汁と香の物だ。それを一気にかき込むのに専念して、誰も口をきかない。

中で一人、すでに食事を終え白湯《さゆ》を啜《すす》っていた六平太が、ふと太い眉を顰《ひそ》めて言った。

「お、どうしたい、その傷？」

その声に、洗い物をしていた綾は、思わず振り返った。

なるほどテカテカした竜太の長い顔の、薄い眉の辺りに、赤いミミズ腫れが走っている。

「正月早々、喧嘩《ようじ》じゃ、今年の先行きが知れるねえ」

六平太は楊枝を使いながら冷やかした。

「喧嘩じゃねえッす。風呂の手桶が飛んで来たんだ」

「手桶が飛んで来た？　どこから？」

風呂好きの竜太は、起き抜けに近くの『柳湯《やなぎゆ》』で、今朝も朝湯に浸かって来たのだろう。徹夜明けの火消し衆や、仕事前の職人などが常連で、和やかで静かな空気が何とも清々《すがすが》しいという。

「手桶なんぞどうでもいい」

竜太はムッとしたように言い、飯に味噌汁をかけ、サラサラとかき込んで箸を止めた。

「それより皆に、訊きてえことがある」

「なんだよ、改まって」

「妙な噂を聞いたんだ。将軍様が蒸気船で、江戸に逃げ帰ったって話だ」

「将軍様は京だろ」

だしぬけな話に、皆の視線は竜太に集中した。

「そんな話聞いてねえぜ、なあ、みんな」

と六平太は皆の顔を見回した。

「お前、どこで聞いてきた？」

「たった今、湯屋で聞いた」

朝湯でその話をしたのは、三十前後の朝湯の常連だった。傘張り浪人を自称するが、名も住まいもよく知らない。

その男は昨夜出会った、近所の御家人から話を聞いたという。

遊撃隊の隊員であるその御家人は、昨日の見廻りの最中に、不思議な騎馬の一団を目撃したと。

そこには上様が加わって、城の方角へ駆け去ったと。

「ひかえろ」

と背中を流していたご隠居が、突然一喝《いっかつ》した。少し前まで辣腕《らつわん》の岡っ引だったため、誰もが一目《いちもく》置く存在である。

「恐れ多くも上様を持ち出すな。流言蜚語《りゅうげんひご》の類《たぐい》は、錦切《きんぎ》れ（官軍）の得意ワザだ」

「お言葉ですが、ご隠居、幕軍は総崩れだって話じゃないすか」

すかさず側から、誰かが猛然と反撃した。

「何だと。お味方は一万五千、敵は五千と知っての言いがかりか。徳川が、薩長の芋侍に負けるはずはねえんだ」

「ならば、ぶっちゃけお訊きしますがね」

　と先ほどの男が返し、空気が殺気立った。

「向こうは洋服にシャスポー銃とやらだが、お味方はヨロイ兜《かぶと》に陣羽織《じんばおり》、手には火縄銃……ってのはどうなんです？」

「いいか、伝習隊《でんしゅうたい》と会津あたりの猪武者《いのししむしゃ》を一緒にするな、べらぼうめ。こちらはフランス式仕込みの優れもんでえ」

　伝習隊とは、フランス軍事顧問団に仕込まれた、最新鋭の洋式軍隊である。その技術と兵器は、薩長を優《ゆう》に上回っているという。

「ご隠居の言う通りでさ」

　と火消しが加勢した。

「その馬上の武家とやらは、上様の影武者じゃねえかと思う」

「ま、仮に鳥羽伏見で負けたところで、天下無敵の海軍が控えておる。東海道を攻めてくる薩長を、海から砲撃すれば、お釣りがくらあ。勝負はこれからだ」

　隠居に巻き舌でまくし立てられ、皆は黙った。

「なるほど、それは道理だ」

　やり取りを聞いていた傘張り浪人が、静かに割り込んだ。

「しかし昔から人は言う。無理を通せば、道理は引っ込むとね」

「つまり、誰かが無理を通したと？」

と竜太が釣り込まれるように言った。

それがまさかあのお方……と言いかけたが、最後まで言わぬうちに横から手桶が飛んで来たのである。

とっさに首をひねったから直撃はしなかったが、桶の取っ手の部分が額《ひたい》を掠《かす》めて、カランカランと高い音を立てて転がった。

「気をつけてものを言え」

火消しは言い捨て、ザッと上がり湯をかぶって出て行った。


「火消しのやることたァ分からねえよ」

とぼやく竜太に、

「いや、火消しは、その傘張り浪人に一発噛ましたかったんだ」

と同年輩の千吉《せんきち》が解釈してみせた。

「けれども浪人といえど武士である。どんな仕返しがあるかと思い、とっさに狙いをずらした。そこにお前がいた」

「……………」

竜太は憮然《ぶぜん》として、音を立てて沢庵《たくあん》を嚙んでいる。

話を聞きながら、綾は思い出していた。

そういえば二、三日前、綾自身も、柳湯の湯気の奥から戦の報を聞いたのである。

公方様《くぼう》が大坂城に立て籠ったと聞いて、女湯も男湯もそこにいた者は皆、期待にどよめいていたっけ。

あの天下に名高い名城に、賢公《けんこう》の噂高い慶喜公が籠もれば、これから一踏ん張りも二踏ん張りもしてくれようと。

その続きを聞いた今、そんな期待が湯気の奥に消えて行くような気がした。

二

篠屋に持ち込まれた湯屋談義は、暇をいいことにさらに続いた。

「上様を囲む騎馬の一団が幸橋を駆け抜けたなんぞ、いかにも芝居がかってる。薩摩のやらせだと思うが？」

「いやいや、上様は、命からがら逃げ帰ったに間違いねえ」

と両論は盛り上がった。

いつもなら、そろそろ舟客が詰めかけ、船頭が出払うころ合いだ。

だが今年は正月の初めから、客足が遠のいている。この不景気に加え、寒い雨の日が続いていたせいだ。

そんな騒ぎの最中、突然、皆の声がピタリと止んだ。

ガラリと勝手口の戸が開いて、聞き馴れた声がしたのである。

「……寒いのう、綾、熱い茶を入れてくれ」

と手をこすりながら入ってきたのは、主人の富五郎《とみごろう》だった。

いつもは表玄関から、

「おかみ、帰ったぞ……」

と呼ばわりながら入ってくる人が、今日は勝手口からいきなりの帰宅である。台所にたむろしていた連中は、飛び上がった。

「おっと、皆の衆、逃げんでいいぞ。案ずるな、千吉も六も、そのままそのまま……」

言うや、富五郎は上がり框にどっかと腰を下ろしたのだ。

「おい、薪《しん》さん、後で大善寺《だいぜんじ》の和尚《おしょう》が来るから、また湯豆腐をたのむ」

「はっ、承知しました。……が、豆腐はどうします、和尚様があの固い自家製をお持ちになるんで？」

とっさに料理人の薪三郎《しんざぶろう》が応じる。

「決まってる。それをわしらに、食べさせたくてたまらん御仁だ」

そこへ声を聞きつけたお簾が、飛び出してきた。

「まあ、賑やかだと思ったら、お帰りでしたか。表玄関からお入りなさいましな」

「いや、おかみ、一刻も早く皆に言いたいことがあっての」

富五郎は苦笑して呟き、間《ま》の悪そうな逃げ腰の船頭らを見回した。

寒くて、不景気を絵に描いたようなこの日、外に出払っているのは磯次《いそじ》だけだった。

「もう知ってると思うが、江戸は大変なことになりそうだ」

「……………」

皆は目を上げ、黙って主人を見つめた。

「何だ、まだ知らんのか。まあ、知れるのは時間の問題だ。よく聞け、近々に江戸で大きな戦が始まるぞ。これは和尚から聞いた話だから、間違いない」

「……………」

しんと静まった皆に、富五郎は次のように語った。

和尚の寺は増上寺の北、愛宕山《あたごやま》の麓にある秋萩《あきはぎ》の美しい寺である。

そこで昨日の早朝、眼下の品川《しながわ》沖に、巨大な蒸気船が停泊しているのを見た者がいたという。愛宕神社をご奉仕で掃き清めていた、檀家《だんか》の者だった。

三本マスト、積み込まれている二十六門の大砲。その威容は、一度見た者なら見間違えようもない戦艦だ。

艦からは、人を乗せた小舟が何艘も下ろされ、陸に向かって漕ぎ出していた。行き先は徳川の別邸、浜御殿《はまごてん》だ。であれば間違いない。

あれは徳川が世に誇る蒸気船〝開陽丸《かいようまる》〟ではなかろうか?

そう言い出す者がいて騒ぎになった。

しかし開陽丸は、大坂の天保山沖《てんぽうざんおき》辺りで戦闘中ではないのか。

和尚はすぐ丘に上り、自分の目で、それが開陽丸だと確かめた。直《ただ》ちに親交のある近くの旗本屋敷に問い合わせたところ、驚くべき情報を得たのだ。

鳥羽伏見で幕軍は、薩長軍に砲撃を受け散々の敗北だったと。

大坂城の慶喜公は、敗走して来る血みどろの兵士から形勢を読んだ。

そこで六日夜、数人の重臣を連れ、夜陰に紛れて城を脱出したと。

湾は烈風で波が高かった。一行はそれでも八軒屋《はちけんや》船着場から小舟を出し、湾内にいたアメリカ艦に助力を頼み、天保山沖に停泊していた徳川の旗艦《きかん》『開陽丸』に乗り込んだ。

　嵐に巻き込まれ、品川沖に帰着したのは、十一日夜。

　翌日早朝、浜御殿に上陸し、そこから騎馬で城へ向かい、西の丸に入ったと。失意の将軍を迎えた城内は、驚愕と絶望で混乱し、今や阿鼻叫喚《あびきょうかん》であると……。

「旦那様、開陽丸って、でっけえ洋艦でしょう?」

　と千吉が乗り出した。

「おお、知っとるか。そうだ、日本一でかい。去年の五月だったか、オランダから江戸に運ばれた、最新の軍艦だと聞いておる。今度の戦でも、阿波《あわ》沖で薩摩の軍艦を沈めて戦勝をあげたとか……」

「それなら上様のご帰還は、凱旋《がいせん》じゃありませんか?」

　おかみが口を挟むと、富五郎は手を振った。

「寝ぼけたことを言うな。上様はお味方の軍艦を乗っ取って、帰還遊ばされたんだ。早く言えば、都落ちってやつだ。それも艦長を置き去りにしてな」

「その艦で一緒に帰られたのは、どんな方々なんで?」

　と竜太がおずおず問うた。

「聞いた限りじゃ、お四方だったらしい」

老中首座の板倉伊賀守《いたくらいがのかみ》勝静《かつきよ》、京都守護職で会津藩主の松平容保、その弟君で桑名《くわな》藩主の松平定敬《さだあき》、姫路《ひめじ》藩主の酒井忠惇《さかいただとし》……。

聞くだに錚々《そうそう》たる面々である。

公方様とその四人は騎馬で城へ向かい、護衛のために城から派遣された遊撃隊の幹部が、前後を守ったという。

「しかし、どうも分からねえです。上様がお味方の開陽丸を乗っとったとは、どういうことなんで？　総大将に軍艦を取られちまっちゃ、兵はどうすりゃいいんです」

千吉が、富五郎の顔を見て声を上げた。

「大坂城は終わりだってことさ。今は城に、指揮官はおらん。幕軍は負けたんだ。公方様は、初めから負けたかったんだという説もある」

皆は言葉もなく固まった。それがどういうことなのか、見当もつかなかった。

「まあ、誰よりワリを食ったのは艦長だろうね」

と富五郎は口調を変えた。

「山はこれからだ、これからが本番だって場面で、いきなり幕を降ろされちまったお芝居のようなもんさ。艦長は、ええと……何てお方だったかな、それは優秀なお方と聞いておる。何年も前からオランダに留学して、西洋の学問を片《かた》っ端《ぱし》から学んで来たそうだ。蒸気船や、砲術や、航海術や、気象学や……」

そこまで言った時、思いがけぬ凜《りん》とした声が背後から聞こえた。

「榎本釜次郎《えのもとかまじろう》様ですよ」

ハッと皆は、声のした勝手口の方を見た。

「上様の開陽丸乗っ取り事件は、榎本艦長が、船から下りていた間に起こったそうです」

「………」

いつ入って来たのか、若い武士がそこに立っている。どうやら富五郎が入って来たあとに、続いて来たらしい。皆は主人の突然の帰宅に震え上がり、気がつかなかったのだ。

若者は、二十歳を一つ二つ出たくらいだろうか。華奢《きゃしゃ》な体つきだが、たっつけ袴の腰に細身の大小を差し、きかん気らしく目の切れ上がった細面《ほそおもて》だ。

大髻《おおたぶさ》に髷《まげ》を結ったしたたるような総髪で、その切れ長な目元は涼しく、凜々《りり》しい色気を醸《かも》している。

皆は息を飲んで見守った。

最近の両国橋から柳橋界隈では、武士の無銭飲食が横行し、また客を装った強盗の被害も出ていたから、若い武士を見ると警戒するのである。

「まあ、お客様に気がつかず、失礼致しました」

すぐにお簾が、上がり框に手をついた。

「さっそく御用の向きを、お伺い致しましょう」

「いや、ただの客ですよ。先ほどあちらの玄関で、取り次ぎを頼もうと思ったんだが返事はなく……」

と武士は笑って、説明した。

「奥から賑やかな声が聞こえたんで、ちと回ってきたまでです。おかげで面白い話を聞かせてもらいました」

「まあ、それはそれは。此処《ここ》じゃ落ち着きませんから、ご面倒でもあちらの表玄関に回って頂き……」

「おかみ、内輪だが、ここから上がって頂け。外は寒い」

富五郎が横から口を挟み、主人だと名乗って頭を下げた。

「今そこで聞きなすった通りです。御城下は今、この話で持ちきりでしてな。しかし

「ああ、そうでした」

……その榎本艦長が艦を留守にしておられたとは、どういうことなんですかね」

と武士は思い出したように頷いて言った。

「艦長は、大坂城へ上るために下船したそうですよ。その間に上様が艦に乗り込まれ、船を出させたんです」

その留守を守っていたのは副艦長の澤太郎左衛門《さわたろうざえもん》で、艦長の許可がなければ、出航は致しかねると強く拒んだという。

だが慶喜公は、その場で榎本を艦長職から罷免《ひめん》し、代わりに澤太郎左衛門を艦長に任命して、強引に船を出させたと。

「ほう、そういうことでしたか」

富五郎は大きく頷きつつも、いささか疑わしげに言った。

「しかし、よくそんなに詳しくご存知で」

「ああ、つい先ほどまで、小川町《おがわまち》の伝習隊屯所《とんしょ》に詰めてたんですよ、あそこも大騒ぎで、いろいろ耳に入ったんで……」

と言いかけ、

「あ、申し遅れました。私は田島勝太郎《たじまかつたろう》というもので」

若い侍はあっさり言って頭を下げた。

「えっ……」

と頓狂《とんきょう》な声が後ろの方で上がった。

皆の後ろで話を聞いていた女中の綾である。綾は慌てた様子で前に出て来て、勝太郎と名乗る若者に頭を下げた。

「ではお武家様が、田島様でございますか？」

「いけませんか……」

「いえ、まさか。私が迂闊《うかつ》でした。田島様については、ご予約を承っておりますんですよ、申し訳ありません」

三

「明日の七つ半（五時）ごろ、田島勝太郎というお武家様が見えます。一泊してその翌日には舟を頼みたいと」

と昨日、柳橋芸妓《げいしゃ》のお志麻《しま》が自らやって来て、二階奥の座敷を予約をして行ったのである。

お志麻自身は六つごろお座敷に上がると。

お簾が外出していたため、綾が予約を受け、宿帳にも書き込んだ。

綾はその時、〝田島勝太郎〟なる者が、もっと年配の恰幅《かっぷく》のいい武士と思い込んだのだ。

お志麻は若く美貌《びぼう》で、なかなか指名を取りにくい売れっ妓《こ》である。そのような芸妓に座敷の予約を直《じか》に頼んだり出来るのは、年配で世馴れた大店《おおだな》の旦那衆か、お旗本しかいないと思ったからだ。

「まさかこんなお若い方とは……。それに七つ半と仰いましたけど、まだ八つ（三時）過ぎでしょう」

そんな綾の言い分を聞いて、勝太郎は笑いだした。

「そうそう、迂闊はこちらでした。実は昨夜、ろくに寝てないもんで、うっかり忘れてしまった」

笑顔の綺麗な人だと、綾はその顔に見とれた。どこかで見たことがあるような気がしたが、どうも思い出せそうにない。

「いえ、まったく構いませんよ。少しお待ち頂けたら、ご宿泊の座敷はすぐにご用意出来ますから」

と お簾は準備のために立ち上がる。
今年は、午後からの〝昼食会〟に力を入れていたが、この日の席の予約は少なかった。お簾の様子を、奥から顔を出して見ていたお波が、あとを追って裏階段を上がって行く。

「ま、田島様、ちょっとお掛けなされ。綾、こちら様にお茶を……」

と後を富五郎が仕切った。

「その、小川町の〝伝習隊屯所〟とは、去年、講武所があった所へ引っ越して来た、アレでしたかな?」

「はい、以前は横濱にあったんですが、手狭になったそうで。幕府が気合い入れてますからね。屯所に行けば、軍事顧問団や、榎本様のことが分かると思って」

「ほう、榎本様とお知り合いで?」

「ていうか、仕事でお世話になってます」

と勝太郎は肩をすくめ、勧められるまま上がり框に腰を下ろした。

「軍事顧問団ってのは、フランス人の軍人さんですな?」

「はい、団長はシャノワーヌ大尉といって、御用船で大坂に着いてるはずです。ただ上様が江戸に帰られたから、大尉も帰って来られるようですが……」

〝大尉は自国艦で江戸に向かって航行中……〟との情報が伝わると、屯所には大勢の関係者が詰めかけ、大尉を待った。

「伝習大隊は、大尉の指揮下で、薩長と一戦交えるらしい」

「大尉は公使ロッシュと共にタイクンと会見し、戦を勧めるそうな」

などの奇々怪々な情報が、乱れ飛んでいたのだ。

勝太郎は、どの情報が正しいか分からず、屯所で一夜を明かし、何とか上方《かみがた》の事情を知り得たのだという。

「で、艦長はいつ江戸に帰りなさるので？」

綾がお茶を出した時、富五郎が訊いていた。

「さあ、あのお方のこと、ただじゃ帰りますまい」

と勝太郎は、遠くを見る目つきになった。

「てえことは……」

そばで聞いていた六平太が、思わずという感じで言った。

「そのお方が、大坂城に残る兵の指揮をとって、戦うとか？」

「さあ、それはどうだろう」

勝太郎は首を傾げた。

「大坂城には怪我人だらけで、テンヤワンヤだそうでね」

そこには陸軍伝習隊と、新撰組《しんせんぐみ》、会津と桑名《くわな》の藩士らが詰めているが、敵軍が攻め込んでくる前に、この呻きのたうつ傷病兵全員を、大坂湾にいる軍艦に乗せなくてはならない。

それを命令一下で仕切ることが、公方様が放棄した〝後始末〟である。その様を想像して、皆は口を噤《つぐ》んだ。

「榎本様はそれを済ませて、戻ってこられると思います。早くて明日か、明後日か……。自分は、迎えに上がるつもりなんです」

「迎えに？」

莨《たばこ》に火をつけかけた富五郎は、驚いたようにその手を止め、

「するてえとお武家様は、海軍の関係のお方なんで？」

海軍らしくない勝太郎のいでたちをチラと見て、言った。

海軍士官であれば普通、木綿《もめん》筒袖にだん袋と呼ばれる股引《ももひ》きだ。新式の開陽丸などはとうに和式をやめて、ラシャ仕立ての制服である。

ところがこの勝太郎は、たっつけ袴にぞろりとした袖なし羽織、髪は大髻に結って

いる。

「あ、ええ、海軍の関係ではありますが、自分は通詞《つうじ》です。フランス語とオランダ語の……」

と勝太郎は、富五郎の探《さぐ》るような視線を追って笑いだした。

「実はこんな日本人らしい装束《しょうぞく》が、異人さん達には受けるんですよ。自分は専属ではなく、指名を頂く立場なんで……」

「ほう、なるほど、通詞さんでしたか」

富五郎は驚きの声を上げ、頷いて、タバコを吸い上げた。

綾も、こうした古風ないでたちが異人にモテるという話を聞いたことがあり、この男前の若衆への謎が解けた。

そこへお簾が戻って来て、言った。

「お座敷の準備が出来ましたが、今日はご一泊でございますね？」

「その通り。明日の午後、ここから品川に向かうつもりなので、舟をよろしく頼みます」

「はい、承っておりますよ、詳しいことはお部屋で伺いましょう」

「すぐに酒をたのみます」

「心得ましてございます。お波、すぐご用意を。さあ、お二階でゆっくりおくつろぎ遊ばして……」

お簾の案内で勝太郎が立ち去ると、富五郎は吸い込んだ莨の煙を大きく吐き出し、呟いた。

「しかし、どうも分からん。結局……あのお方は何者なんだね」

綾もまた好奇心から、あれこれと頭を巡らした。

お波が酒の準備をし、付き出しを添えたお盆を抱えて上がっていくのを見、やがて降りて来てから、綾は炭桶《すみおけ》を下げて、さりげなく二階に上がって行った。

分かったようで、よく分からない。もう少し、あの若い武士と話をしたかったのである。

失礼します……と小声で言って襖を開き、膝でにじり入った。

だが座敷の中を見て、綾は笑ってしまった。

勝太郎は火鉢の前で畳に大の字になっており、座布団を枕に、気持ち良さげな鼾《いびき》をかいて寝入っていたのである。

四

今宵の篠屋は、久々に正月らしく華やかだった。

日暮れと共に、芸妓お志麻の爪弾く三味線が流れ始めた。

一階の奥座敷では、老武士と連れ立って来た大善寺の和尚が、富五郎を交えて湯豆腐鍋を囲み、何やら話し込んでいる。

二階のもう一つの大座敷は、両国の新炭問屋《しんたんどんや》の新年会とかで、十人近い客が集まっている。

芸妓二人がやって来たのは、お志麻の三味線が一段落するころだ。両者がかち合わぬよう、お簾が上手に采配《さいはい》していた。

唄と踊りで、やんやの喝采《かっさい》が二階を揺るがし、厨房も大忙しだ。洗いものや片付けが専門のお孝や綾も、お運びに駆り出された。

変事が起こったのは、そんな時だった。

綾は、勝太郎とお志麻が差しつ差されつの座敷に何本めかの酒を届け、空《から》になった食器を盆に載せて下がろうとしていた。

その時、裏階段から上がってくる足音がして、失礼します、とお波が襖から顔を出した。血相が変わっている。

「あのう、お志麻ねえさんに、玄関にお客様です」

「え、私にお客様って、どなた？」

隣の座敷から流れる三味線を聞きながら、勝太郎と話し込んでいたお志麻は、怪訝そうに顔を上げた。

「ニシゴオリ様とか……」

「西郡様」

名前が分かると、お志麻は美しい眉を顰《ひそ》め、身を起こした。

「お断りしておくれ」

「はい、ただいまおかみさんがお断わりしたんですが、でも、御酒が入ってるみたいで」

「………」

「どの座敷か教えろって。もう、大変な剣幕《けんまく》でございまして」

座敷を悟られないため、お波は裏階段から上がってきたのだ。

「ですから、船頭に頼んで追い払ってもいいかどうかと……」

「おかみさんが、そう聞いて来いと？」

さすがにお志麻は思案顔になった。

「私が行くわ。西郡様は、お旗本だからね」

とお志麻は盃を置いて、襟元を直しだした。

「あっ、お止《よ》しなさいまし。酔っ払いのお旗本なんて、鬼に鉄棒《かなぼう》みたいなもんですよ」

とそばにいた綾が、思わずお志麻の袖を押さえた。

「大丈夫。篠屋さんには迷惑かけられないの」

「でも、面倒なことになりますよ」

お志麻に惚れ込んだ男が、勝太郎という間男《まおとこ》の存在を嗅ぎつけ、嫉妬に狂って押し掛けて来た。そんなよくある揉め事らしいが、そこには不安な要素がある。

昨年末、江戸の町を荒らしていた薩摩御用盗《ごようとう》を、幕府は薩摩屋敷を焼き払うことで成敗《せいばい》した。ところが押込みや辻斬りは、少しも減っていないのだ。

今は江戸の無法者らが〝世直し〟を口実に、あちこちで流血騒ぎを起こしていた。人心が荒れていて、ちょっとしたイザコザでも、すぐ刃物沙汰に発展し、血が流れた。歯止めがきかないのである。

「ならば、私が行こう」

今度は勝太郎が言い出した。

「剣術は駄目だが、金はある。ご大身の旗本にも知り合いがいるし」

「あれ、いけません。どうかやめてください」

とお志麻が慌てた。

「西郡様は腕が立ちますし、カッとなると何をなさるか」

「あの、ここは私に任せてくれますか」

とっさに綾は言っていた。ふとある考えが閃《ひらめ》いて、鳥が巣を作るように頭の中で纏《まと》まっていく。

（でも、ちゃんとやれる？）

と自問し、自答した。

（大丈夫、しくじったらその時考えよう）

「さあ、おねえさん、三味線を持って私について来てください」

と立ち上がる。

「勝太郎様は動かず、ここで呑んでてくださいましね。それから波さん、玄関で、西郡様をもう少し抑えてててちょうだい！」

そばで呆気にとられている勝太郎とお波に、そう言った。

「綾さん、ここは船頭に任せたら？　あのお侍を、長くは待たせられないわ」

とお波は腹立たしげに唇を尖《とが》らせた。

「いえ、すぐに終わるから頼みます。一階奥座敷で、三味線の音が鳴りだしたら、あのお方をその座敷にお連れして。いいこと？」

念を押すよう言い置いて、先に立って裏階段から駆け降りる。

そのまま中庭に沿ってコの字型に続く廊下を、奥へ向かってすり足で走った。男たちの低い声が漏れて来る座敷の前でやおら跪《ひざまず》き、襖を少し開けた。

「旦那様、綾でございます。突然でございますが、先ほどの件をお志麻ねえさんに話しましたら、ぜひと申されましたので……」

と後ろに付いて来た、不安げな表情のお志麻を振り返る。

〝先ほどの件〟とは、先ほど炭の具合を見にこの座敷に入った時、ちょっと会話が耳に入ったのである。

ちょうど二階からお志麻の爪弾く三味線が聞こえていて、

「……いいのう。寺におると、ああいう色気が恋しゅうなる」

と和尚が、豆腐鍋をつつく手を止めて呟いた。

「ほう、和尚ほどのお方が？　そんな生臭坊主に思えませんが」

と富五郎が笑って冷やかした。

「何の何の、まだまだだよ。ええと……最初の端唄《はうた》は〝梅は咲いたか〟、次のは〝通小町《かよいこまち》〟かね。小町思えば照る日も曇る　四条の少将は涙雨……トチチリトチチリ、ハ、チリチリ」

酒気帯びの和尚は、気持ち良さげに口三味線で口ずさんだ。

「ははは、和尚、良かったら後であの芸妓を呼んで、ちと、おさらいしますかな」

そんな言葉が富五郎の口から飛び出した。綾はそれを覚えていて、この大胆な振舞いに及んだのである。

「おやおや……」

和尚は驚きの声を上げた。

だが富五郎は無言で目を上げ、緊張した面持の綾を見やった。

何か訴える時の綾の目は少し吊り上がり、口元は微笑しても、いつもと違う強い光を放つのである。

次にその背後にしゃがんでいるお志麻に目を移すと、こちらは唇を引き締め、戸惑いを何とか抑えているようだ。

「さあ、お志麻ねえさん、早く……」

　と綾は富五郎の返事も待たずに、お志麻を無理やり座敷に押し込んだ。

　するとお志麻も度胸を据《す》えたらしく、しっかり中に入り込み、畳に両手をついてうやうやしく一礼した。

「呼んで頂きまして有難うございます。さあ、お好みの曲を伺いましょう。何でもござれでございます」

　と三味線を構えると、富五郎がおもむろに口を開いた。

「うむ、何と言っても〝梅は咲いたか〟と〝通小町〟だね」

　三味線が流れだすや、廊下をドシドシと踏む足音が近づいてきた。その足音は座敷の前で止まり、襖はガラリといきなり開けられた。

　だが、あっ……と男は低く叫んだ。

「失礼仕《つかまつ》った！」

　と叫ぶや、ぴしゃりと襖を閉めた。

　西郡の目に確かにお志麻のあで姿は映ったが、そばにいたのはあの水も滴る若侍ではなかった。一瞬、視界に入ったのは、思いもよらぬ年配の渋い男たちで、中の一人は白髭の坊さんだった。

男はそのまま足音高く引き返し、黙って篠屋を出て行った。

五

「綾さん、さっきはありがとう。本当に助かりました」

帰りがけにお志麻は、厨房に顔を出して、せっせと洗い物に専念していた綾に声をかけた。綾は、西郡を送って、あれきり座敷を出てしまったのだ。

「どうなるかと思ったけど、ほほほ……。和尚様もご主人様も、事情を知って笑い転げておられました。自分らが相手じゃ、大抵の男は逃げるだろうって」

「まあ、それはようございました」

綾も笑って、手を拭きながら側まで出て来た。

正直なところ、出過ぎた真似をしてお叱りを受けるだろうと、生きた心地がしなかったのである。

だがつい今しがた和尚と共に富五郎が出て行ったが、富五郎が台所に顔を出し、ご祝儀の袋を差し出した。

「こちらは和尚から、これは俺からだ」

と遠慮する綾に押し付け、何も言わずに行ってしまったのである。

お志麻もご祝儀をもらったらしく、にこにこしていた。

「ところでおねえさん、二階のお客様は？」

「そうそう、勝太郎様からも、よろしくと言われています。今はもうこれですけど、分からないことは何でも訊いて」

と頭の下に手を当て、寝ている様子をしてみせた。

「明日は、品川にお迎えに上がるって仰《おっしゃ》ってたけど、船が着く時間は分かってるんですか？」

「あら、どうかしら」

お志麻は首をすくめて笑った。

「何しろ無謀なお方なんですよ。ただ、明日には、大坂から別の船が着くそうだから……。あの方、フランス語の通詞だってこと、もう知ってるでしょ？」

「ええ、フランス軍事顧問団のね」

「どなたかの専属じゃなくて、相手に指名して頂くんで、とても気を遣ってるの。あの通りの美男子だから、売れてるみたいだけど、それでも品川までお迎えに行ったりするわけよ」

日ごろは、お客のことは何一つ口にしないお志麻である。

それが今日ばかりは、問わず語りで言いだすとは。綾の機転に心を開き、勝太郎の謎めいた出自《しゆつじ》を話すことで、お返ししようとしているのかと思うと、クスリと笑いがこみ上げた。

「開陽丸の艦長とか、偉いお方ともお知り合いなんですね」

「あら、そこまで知ってた？」

とお志麻は驚いて、クリクリした目を瞠《みは》った。

「今の通詞の仕事を紹介してくれたのが、その榎本様なの」

「へえ！」

開陽丸の艦長の名が、こんなに身近に聞かれるとは。

「ええ、勝太郎様のお父上も通詞なんですよ。若いころの榎本様に外国語を教えたり、いろいろ面倒を見たんだって。だから、榎本様とは子どものころからの幼馴染《おさななじ》みなんだそうね」

「へえ」

「それも長崎でね」

ひたすら驚いている綾に、お志麻は手短かに説明してくれた。

榎本釜次郎は、下谷御徒町の御家人組屋敷で生まれたという。幼少から優秀で、十二歳で昌平黌《しょうへいこう》の試験に合格し、十七歳で海軍練習生として、長崎の操練所に入った。

その地には、かつて同じ御徒町の住人だった田島平助《たじまへいすけ》がいた。本業は錺《かざり》職人で、異国人に人気があり、カタコトで商売するうち、オランダ語とフランス語に習熟したという。

養成所を卒業した正式の通詞より、はるかに実用性に富んでいたため、幕府役人の耳に入るや、平助は直ちに公儀御用《こうぎごよう》の通詞に任じられた。

やがて長崎出島《でじま》詰役に出世し、一家で長崎に移り住んだのだ。

十七歳だった釜次郎は、伝習生仲間を誘って、裕福な田島屋敷へしばしば遊びに行った。異郷暮らしの寂しさもあり、また久しぶりのご馳走も楽しみだが、平助の子の勝太郎《かったろう》と喋るのが一番の目的だった。

才気のある少し変わった子で、まだ七つ八つながら三味線に習熟し、また普通にオランダ語を喋っていたのである。

釜次郎やその仲間は面白がって、江戸では珍しいコンペイトウ、ビスケット、カンパンなど、甘い異国のお菓子を土産に持参しては、その得意な異国語を喋らせ、熱心に覚えたという。

職人育ちの平助は、この貧しい御家人の倅《せがれ》に惚れ込んだ。

伝習生は、一人前になるまで金がかかる。高価な外国語の専門書を読み、実習用の機械を手元に置いて学ばなければ、他人より抜きん出ることは出来ない。釜次郎にはそれが出来なかった。

そんな窮状を知って、経済的な援助を続けたのである。

「私の知ってるのは、そこまで！」

とお志麻は言って、肩をすくめた。

箱屋の若衆が勝手口に迎えに来たのを見て、慌てたのである。

「もう行かなくちゃ……」

言いつつも、何か思い出したらしく箱屋に手で合図してから、声を低めた。

「一つ言い忘れた。このお父上の田島平助様は、長崎で暗殺されたんだって。元治《げんじ》元年だっけ。下手人《げしゅにん》は攘夷派の人達ですって……。それで母上と勝太郎様は、江戸に戻ったんです」

元治といえば、異人と親しむ通詞は、攘夷派から〝売国奴《ばいこくど》〟と呼ばれて憎まれていた時代である。そんな年の春先、宴席の帰りのほろ酔い状態で襲われ、腹を刃で深くえぐられたと。

「でも榎本様は、その前にオランダに発《た》たれていて、何もご存知なく、六年をあちらで過ごされたんですって。帰国されたのは去年だけど、日本一の軍艦の艦長になっておられてねえ……」

とまた肩をすくめて、小走りに去って行った。

客が一段落したのは、五つ（八時）ごろだった。

手の空いている船頭が総出で膳を下げ、皆で片付けを終えたのは五つ半（九時）。

女中頭のお孝が、熱い甘酒の入った茶呑み茶碗を、皆にふるまってくれた。

いつになく働いて上気した綾は、熱い茶碗を抱えそっと外に出た。

川べりに立つと、川面《かわも》を渡る冷たい風が心地よい。

対岸に集まる料亭の灯りを見ながら、舌が焼けそうな甘酒を啜った。つい先ほどお志麻から聞いた話の余韻が、まだ胸を覆っている。

あの勝太郎からは想像も出来なかったが、ふと思い出したことがある。

お志麻はたしか、以前は下谷数寄屋町《すきやちょう》の芸者だったと聞いたことがある。数寄屋町は、柳橋ほど誇り高い花街ではなく、客との関係が曖昧な色町である。

器量良しで芸も達者なお志麻は、それを嫌い、ツテを辿《たど》って二、三年前に、柳橋に住み替えたと聞く。

勝太郎も下谷出身なら、二人はたぶんそのころからの付き合いだろう。

芸妓お志麻、通詞勝太郎、艦長榎本釜次郎。この三人は、下谷という地縁で結ばれていたと思うと、何となく羨《うらや》ましくもあった。

そう考えながら、舌に沁《し》みる甘さを味わっていると、

「綾さん」

と背後から低い声で呼ばれて、ハッと振り返った。

そこにスラリと立っているのは、今までずっと考えていた勝太郎である。闇に浮かぶその白い顔は、やっぱりどこかで会ったような気がした。

「まあ、どうされました、もうお寝《やす》みと聞きましたが」

「いや、実は綾さんに一言お礼を言おうと、下に降りて来たら、台所がずいぶん賑やかでね、つい入りそびれてしまって……」

と勝太郎は笑い、

「いや、先ほどはどうも。綾さんのおかげで、難を逃れました。なかなかとっさに出来ることじゃない」

　と若者らしく少し力《りき》んで言った。

「いえ、偶然が重なっただけ。あんなお客様は、そう多くないんですけど。今年の正月は変ですねえ」

「ああ、今年は何もかもが尋常じゃない」

　と勝太郎は思いがけなく強く言い、腕を組んで、彼方《かなた》に見える暗い大川を見はるかした。

　このお方にも思い屆することがあるのだろうか、と綾は思った。

「皆、船で大坂に行っちまったしね。自分も行きたかったけど、まだ新米なんで残されたんですよ」

「あら、新米さんなんですか」

「残念ながら。通詞になり立てだから、何か役立ちたいと思っても、なかなか呼んでくれません」

　と問わず語りに言った。

「綾さんこそ、ここ長いんですか？」

「さあ、長いかどうか。もう一年と少し、女中をしてますけど」

と綾は声にたてずに笑った。

こんな夜の時間、この華やいだ美しい若衆と、川風に吹かれて並んで立っているのが不思議な気がした。明日にはどこか、綾の手の届かぬ所へ発って行き、もう会うこともないだろう。

川面を撫でてくる風は、夜が更けるにつれて身を切るように冷たくなった。さざ波立った川面は、岸辺の灯りを吸い取って、波間に赤や橙色《だいだいいろ》を練り込んでうねっている。

綾はそんな夜の川が好きで、もう少しここに居たかったが、ふと闇が動き、その奥から艪《ろ》の音がする。

目を凝らすと、ゆっくりとこちらへ漕ぎ進んで来る小舟があった。

まだ影になって見えているが、その船頭は磯次だった。

「ああ、あの船頭が明日お送りする磯次です」

と綾は言った。

六

その後――。

勝太郎と磯次は上がり框に座り、明日の打ち合わせを始めていた。

舟は、品川八ツ山下《やつやました》より先には行けない決まりだが、どうやら勝太郎はその先まで行ってくれと頼んでるようだ。

厨房の広い土間では六平太、竜太の二人が、十五日のどんど焼きに持って行く、正月飾りを束《たば》ねている。

お孝と薪三郎はもう帰って、その姿はない。

そんなところへ、勝手口から外気が吹き込み、千吉が寒そうに帰って来た。

「いやはや、ご城下は大変なことになってるぞ」

千吉は冷めた白湯を飲みながら、誰にともなく言った。

「幕軍は、大坂から撤退したんだってさ」

「ええっ、一戦負けただけで総員引き揚げかよ」

「海軍はどうしたんだ？」

と皆が口々に言った。

「まあ、聞けって」

千吉が言う。

「あの蒸気船から上様が下りたのは、十二日の朝だよね。昨日には、順動丸《じゅんどうまる》が品川沖に戻って来て、今朝下船したんだって。この船が積んで来たのは、傷病兵と、新撰組の生き残りばかりだそうだ。幕軍は間違いなく、あの鳥羽伏見で、木っ端微塵《こっぱみじん》にやられたんだ」

「へえ……」

と皆は千吉の回りに集まった。

順動丸とは、武器弾薬や兵士を運ぶ、幕府御用の輸送船である。平時には、将軍や、勝海舟などの幕府高官も利用した。

今回はその御用船が、生き残りを運んできたのだ。

新撰組は戦の前には百四十八名いたが、三十二名が戦死。その残りが、富士山丸《ふじやままる》と順動丸に分乗したのだという。

順動丸で先に着いて下船した新撰組は、品川にある幕府の御用宿『釜屋《かまや》』に入った。

その隊員達の口から、この新情報が流れたのだ。

「じゃ、富士山丸はいつ着くんだ」

　と六平太が問う。

「まあ、追っ付け来るだろうけど、たぶん富士山丸は、戦の後始末をしてくる。開陽丸の榎本様は、それに乗って帰られるんだろうなあ」

「又聞きだがな、前の船で帰った者の話によれば、大坂城の後始末は大変だったそうだぞ」

　いつの間にか聞いていた磯次が、話に加わった。

「どこまで本当か知らねえが……」

　船頭仲間から聞いた話によれば、大坂城での榎本釜次郎は初め、上様は側近と共に脱出したと聞いても、にわかに信じなかったという。

「では上様は、船でご上洛したのだな？」

　と、そばにいた者に訊いた。

「いえ、ご上洛でなく、ご東帰《とうき》です」

「ご東帰……。では江戸に帰られたのか？」

　低く唸ってしばし沈黙し、呟いたという。

「徳川家の命運はここに極まった」

大坂城内は、荒れ放題の惨状であり、もぬけの殻《から》の御座所《ござしょ》には書類が散乱していた。

船将《せんしょう》である自分が置き去りにされたと知り、天保山の頂に上って、望遠鏡で沖を見ると、悪天候のため開陽丸はまだ湾内に停泊しているのが見えたのである。

湾をぐるぐる航行する軍艦に、荒天を口実に艦長の帰りを待とうと時間稼ぎする副艦長の苦闘が、そこに見て取れた。

城に戻った榎本は、御座所付近に散乱する書類をまとめ、残された貴重な什器《じゅうき》や、刀剣類を集めて、軍艦に送り届けるよう指示した。

また負傷に苦しむ大勢の兵士らを城から運び出し、優先的に輸送船に乗り込ませた。先に乗っていた健康な兵らは降ろされたから、暴動沙汰になりかけ、担当者は刀を振り回す騒ぎだったという。


「そんなこんなで、富士山丸はすぐには帰れそうにない」

「新撰組は壊滅《かいめつ》状態というけど、隊長さんはどうなすったの？　ほら、千さん、いつか奥方様がうちに来られたの覚えてるでしょ？」

と綾が訊く。

「ああ、近藤様なら、後の富士山丸だと聞いた。あの隊長さんは負傷してて、土方副隊長に付き添われてるそうだぜ」

近藤勇は、暮れに襲撃を受けた銃痕《じゅうこん》が思わしくなく、鳥羽伏見の戦には、参戦出来なかったという。

「フランス軍事顧問団のブリュネ中尉や、カズヌーブ様は、どの船で帰られたのかな？」

とその時、青ざめた顔でじっと聞いていた勝太郎が、思い切ったように口を開いた。

「さあ、異人さんは……何も聞いてねえす」

と千吉は済まなさそうに口の中で呟き、皆は何となく黙り込んだ。

今までは、偽情報かもしれないとどこかで楽観していたが、続々と入ってくる情報に、この敗戦が本当だったのだと身に沁みて分かって来たのである。

翌朝、早く起きて奉行所に出かけていた千吉が、昼少し前に、最新の情報を持って急ぎ戻って来た。

「富士山丸は昨夜遅く、横濱港に着いたそうだ！」

それを聞いて、綾はすぐ二階に駆け上がり、遅い朝食を済ませたばかりの勝太郎に知らせた。

「榎本様は、品川じゃなく、横濱だそうですよ」

勝太郎は階段を踏み外さんばかりに降りて来て、千吉の話に耳を傾けた。富士山丸は多くの重傷者を運んで来たのである。

榎本釜次郎は横濱に着くや、即座にこんな指令を出したという。

「横濱弁天池《べんてんいけ》のフランス語伝習所に、負傷者を運べ！　今は空き家になってるから、急遽《きゆうきよ》、野戦病院として開放するのだ。すぐに医者を呼び集めて治療させよ」

俄《にわ》か仕立てでその準備がなされた。

今のこの時間は、重傷者の下船が始まっていて、医者の治療を待っている状態だという。

負傷者の収容が滞《とどこお》りなく済み次第、船は品川に向かうだろう。

おそらくそれは今日十四日の夕方までもつれ込むから、品川での下船は明日の早朝になるかもしれないと。

聞き終えた勝太郎は、磯次の舟に乗る時間を決め、それまでは二階の座敷を借りていることにし、帳場で清算を済ませた。

そして、すぐ戻ると言い置いて、どこかへ出かけて行った。

たぶん神田小川町《おがわまち》のフランス軍事顧問団の屯所へ、さらに詳しい情報を探りに行ったのだろう。その顧問団が前に屯所としていた所が、今、野戦病院とされた横濱弁天池の空き家だった。

この日の篠屋は、午後から新年会が三組あり、厨房は忙しかった。

今は、昼の時間に力を入れている。治安が悪くて夜の客が減ったためで、安全な昼に稼ごうという算段である。

今までは八つ（二時）から店を開いたが、一月からは正午前から開き、昼飯を組込んでの安い〝昼食会〟を広めたのだ。

それが便利がられ、女衆《おんなしゅう》の客が増えている。

この日、そんな会を終えて帰って行く数人を、表玄関の外に立って見送っていた綾は、思いがけなく目の端にあの勝太郎の姿を捉えた。

「あら！　お帰りなさいまし。お早いことで」

「綾さん、ちょっと……」

勝太郎はニコリともせず手招きして、二階に駆け上がっていく。

何だろうと、慌てて追いかけて座敷に飛び込み、後ろ手で襖を閉めると、勝太郎が座敷中央に仁王立ちになってこちらを見ている。

「頼みがある。あんたの着物を何でもいい、一式貸してくれないか」

息を弾ませて言った。

「えっ？　ど、どうなさいました？」

「説明してる暇はない。ともかく、急いでほしい」

「…………」

ゴクリと唾《つば》を呑み込んだ。そんなものを一体どうするのか。

そもそも綾はお仕着せの仕事着の他は、一枚しか持ち合わせがない。篠屋に来た時、身に纏っていた銘仙《めいせん》の杏色《あんずいろ》と黒の縞柄だ。

それを仮に勝太郎が質に入れても、たいした額にはならないだろう。

一瞬、そんなことを考えていると、再び荒い声が飛んだ。

「悪いけど急いでほしい！」

いつもは涼しい切れ長な目は充血し、吊り上がっている。

「はい、ただ今！」

その目を見た途端、綾は叫び、裏階段を駆け下りた。

胸に疑問はわだかまったが、是非を問う暇もあらばこそだ。

部屋に飛び込むや、ともかく着物と帯の一式を包んだ風呂敷をわし摑みにした。さほどすり減ってはいない赤い鼻緒《はなお》の日和下駄《ひよりげた》も、忘れずに添えた。

それを胸に抱えて裏階段を駆け上がると、

「部屋の外に置いといて！」

と、襖を閉めきった中から、勝太郎のきつい声が飛んできた。

「代わりにそこに風呂敷包があるから、あとで磯次さんに渡してもらいたい」

それきり声はなかった。なるほど部屋の外に、風呂敷包が一つ置かれてあった。

七

「綾さーん」

とその時、おかみの甲《かん》高い声が階下からした。

「そろそろお客様がお帰りですよう」

「はーい、ただ今！」

綾は慌ててそこにあった風呂敷包を抱え、階段、廊下……と小走りに走って、女中部屋の納戸《なんど》に押し込んだ。

それから表玄関に走り出ると、二階からドヤドヤと二、三人の客が、賑やかに談笑しながら降りて来る。

今日のお客は、どこのどなた様だったっけと思いつつ、綾は玄関の外にお波と並んで立ち、頭を下げた。

「有難うございました」

「またお越しくださいませ」

「お気をつけてお帰りください……」

などと二人は口々に繰り返した。

言いながらふと横目で見ると、玄関正面の川のほとりに、屈強そうな頬骨の出た侍が立って、こちらを窺っているのに気がついた。

舟客かと思ったが、どうもこちらを見張っているようだ。

そばに行って確かめようにも、続いて次の客の一団が、二階から賑やかに降りてくる。料亭の女将らしい中年の女と、若い娘が何やら親しげに話しながら出て来た。

その娘を見てハッとした。そ、その着物は……。

見覚えがあって当然、それは綾の一張羅《いっちょうら》である。だが地味な着物を、ずいぶんと艶やかに着こなしているではないか。

娘らしい薄化粧も愛らしく、何か話して笑いながら、綾の前をすまして通り過ぎて行く。女物の着物と赤い鼻緒の日和下駄が、しっくり体に合っていた。

髪は櫛巻《くしまき》に結《ゆ》っていて、それがどこか崩れた色気を感じさせる。

（あれは……？）

綾は呆然とし、阿呆のように目を見開いて見送った。

あの大髻に結った勝太郎の髪は、凛々しい男ぶりを強調していたが、こちらの娘は束ねた髪を一捻《ひとひね》りし、頭上高く櫛にからげ、毛先を根に巻きつけた、ごく簡単な髪型である。

馴れていれば、ほんの一瞬で結えるだろう。

綾はようやく思い当たった。風呂敷包を置いた時、勝太郎は締め切った座敷で鏡に向かい、せっせと変装していたのである。

そして思い出そうとして思い出せなかった顔が、浮かんできた。

それがこの顔だったのだ。

たぶんそんな姿でお志麻と連れ立って歩いている時、おそらくその二人とこの柳橋のどこかで出会って、挨拶したのだろう。

勝太郎はたいそう変装上手だったのだ。

いや、それとも……？

そんな諸々《もろもろ》の疑問を考えながら突っ立っていると、かの頬骨の出た侍がズカズカと玄関に押し入って行くのが見えた。

玄関でお簾に何か声高《こわだか》に問うている。

「ええ、確かに、仰せのようなお客様はお泊まりでしたけど、今日はもう発たれましたよ」

綾が急いで玄関に入ると、お簾があっけらかんと答えたところだ。

「そんなはずはねえんだ」

男は吠えたてるように怒鳴った。

「あの若造には貸しがある。やっととっ捕まえて催促したら、宿に金を取りに帰るてえんで、ついて来たんだ。だが一向に出て来やがらねえから、こうして訊いておる。わしら三人、目を皿にして見張っておったが、此処からも出て行っちゃいねえ。この家に隠れておるんだろう。家捜《や》しさせてもらうぜ」

あとで聞いた話だが、攘夷浪士らしい三人連れが、勝太郎らしい侍に難癖をつけているのを見た者がいた。場所は神田川沿いの道で、何やらしつこく金のことを言っていたらしい。

初め勝太郎は突っ張っていたが、幾つものやりとりがあって、

「相分《あい》かった。金はここにはないが、旅籠に帰ればそこそこの額がある。すぐそこの船宿だ」

　と答えたようだ。

「宿賃さえ払えれば、あとは無用の金、徳川のおんためにお使い頂きたい」

　ということになり、三人は勝太郎の腰の大小を預かった上で、付いてきたという。

　正面玄関、勝手口と、建物の裏手に別れて見張っていたが、出ていくのをまだ誰も見ていないと主張する。

　真相はどうなのか知らないが、お簾はこんなことには驚かない。

「そういうことでしたら、お安い御用でございますよ。今はお昼のお客様も帰られましたから、さあ、どうぞ隅々まで存分にお探しくださいまし」

　と甲高い声で啖呵《たんか》を切ると、船頭部屋の襖をガラリと開けた。

　そこで博打《ばくち》に興じていたのは、昼間の舟客を待つ荒くれた若い船頭が四人。一斉に頭をもたげぎょろりと目を剝《む》いた。

　三人連れは怯《ひる》んだ。二階にも上がらず、奥を覗いただけで引き上げてしまった。

　そして勝太郎は、それきり行方をくらませたのである。

　磯次に渡す風呂敷包みをこっそり開いてみると、そこには勝太郎の脱いだ男衣装と

いた。

その上に、〝両国橋船着場より屋根船で〟とのみ達筆《たっぴつ》で書かれた一片の紙が載っていた。

雪駄《せった》が入っていた。

時間通り、屋根船で漕ぎ出て行った磯次は、明け方まで帰らなかった。

翌朝、朝飯に出て来た磯次は、勝太郎からと言い、貸した着物が入った風呂敷包に、借り料を一両つけて返してくれたのである。

綾は驚いてしまった。

もう戻らぬものと思っていたのに、借り賃までつけてよこすとは。

磯次はそれきり、いつもと変わらず、むっつりと箸を動かしている。

「磯さん、昨日はいかがでしたか？」

白湯を出しながら、綾は待ちきれずに問いかけると、相手は鈍く頷いた。

「ああ、頼まれたことはやった」

「舟は八つ山下までしか行かなかったんでしょ？」

「うむ……」

とどうも不機嫌な様子である。

「あの方は、富士山丸まで行ったんでしょうか？」

「そうだろうね。どこか……たぶん小川町の屯所で発行したものだろう、富士山丸に乗船する〝通行証〟みたいものを持っておったからな」

「じゃ、勝太郎さんは通詞として富士山丸に乗ったわけ？」

驚いて訊くと、相手は首を傾げた。

「俺は八つ山下で舟を止め、途中まで徒歩で送っただけよ。あの人はその先、たぶん馬で行ったんだと思う。いや、馬に乗れるかどうか知らんが、馬を引いた男の子が、途中まで迎えに来ておったから」

勝太郎はすっかり計画を整えていたのだ。

それが磯次には意外だったのか、しばらく黙って丼飯をかき込んでいたが、白湯になってからふと言った。

「おっと、忘れるところだった。あの人からあんたに、もう一つ預かってきたものがある」

と言い、磯次は懐から、折りたたんだ手紙のようなものを出して渡してくれた。

「まあ……」

綾はそれを受け取って、口の重い磯次を見た。

「ねえ、磯さん、何があったの?」

「いや、別に何もねえさ。ただ……」

両国橋船着場で会った女姿の勝太郎に、唖然として見とれていると、

「何をボヤッとしてる。早く出してくれないか」

と勝太郎がせきたてた。

「いや、あんまりその格好が似合うんでさ」

と答えると、相手はクスッと笑って言った。

「私は以前、下谷数寄屋町で勝奴《かつやっこ》という芸者だったんでね」

屋根舟の中で、女からまた見事に男に変わった。

「あんたは娘さんなのか」

と磯次が問うと、

「全てここに書いてあるから、綾さんに聞いてくれ」

と言い、それきり何も話さなかったそうだ。

綾は女中部屋に引き取って、勝太郎からの手紙を開いた。

そこには細字の達筆で、こんな長文が認められていたのである。

八

綾様
今日は大事なお着物を貸して頂き、有難うございました。

日和下駄もつけてくださったお心遣いに、感謝感謝です。

ええ、お察しのように、私はお勝《かつ》という娘です。昔からお転婆《てんば》で男の子のように育ったから、勝太郎になるのは苦ではありません。

いいえ、むしろ楽しいのですよ。

生まれたのは下谷御徒町。でも父が幕府の通詞として長崎に赴任したので、その南国の地で潮風に吹かれて育ちました。

そんな幼子だった私を、大変可愛がってくださったのが、海軍操練所に伝習生として来られた、十七歳の釜次郎様でした。

とても優秀なお方でした。

カタコトながら異国語を得意になって喋る私に、あれこれ訊いては、しっかり記憶されていかれたっけ。

空は何という？　海は、国は、花は、父は、母は……と。

この五年間に異国語をすっかり覚え、江戸へ帰ってすぐ築地《つきじ》海軍操練所の教授となられました。その三年後にはオランダへ留学なされ、その行きがけに、長崎の拙宅へ立ち寄ってくださったのです。

その時私は、十五になっていたけど、釜次郎様と一緒に行くと駄々をこねて大泣きするほどの、ネンネでしたよ。

釜次郎様がオランダへ立たれてすぐ、父が兇漢《きょうかん》の手にかかって急死し、私と母は富裕だった長崎の家を捨て、命からがら江戸に帰ったのです。

けれど、一体どうすれば生きていけるか分からなくて。

あの時、お志麻さんに出会わなかったらと思うとゾッとします。

酌婦《しゃくふ》をしていた私が三味線も弾くのを見込んで、お志麻さんが、数寄屋町の芸者屋に紹介してくれ、私は勝奴となりました。

でも世間知らずの我儘《わがまま》な田舎娘でしたから、お客様とまともに話が出来ず、お呼びもかからぬ売れない芸者でした……。

そんな去年の夏のことです。数寄屋町の料亭に、洋行帰りのさる偉いお方が見えると聞いたのは。

釜次郎様は、日本一の最新の蒸気船の艦長であり、榎本武揚《えのもとたけあき》という立派なお名前を名乗る海軍副総裁になっておられ、もう私などの手の届かぬ天高くで、眩しく輝いておられたのです。

美しい奥方様も迎えられたと噂に聞きました。

でもそんなことはどうでもいい。

若き日、共に海に行ってはこれは何と言う、街に出てはこれは何というと質問責めにした貧しい苦学生に、一目お逢いしたかった。ダメ芸者勝奴は恥を忍んで会いに参りましたよ。その時ばかりは、お店からお呼びがないのに無理にお願いし、お座敷に出させて頂いたのです。

はい、念願叶ってお酌に出た時は、手が震えてお酒をこぼしました。それで、釜次郎様が気づいてくださったのです。

〝お前、もしかしてお勝じゃないか！〟

釜次郎様は、芸者姿の私をまじまじとご覧になって仰いました。

〝長崎で、江戸に帰ったと聞いた。江戸でもこれまでさんざん捜したんだが、まさか地元にいたとは……〟

六年ぶりの再会をとても喜んでくださり、別室で話が弾《はず》みました。

次にお会いした時のこと。

〝よく考えたんだがな……〟と前置きして突然こう切り出して、私をひっくり返るほど驚かせたのです。

〝お勝、お前、通詞にならんか〟

じっと私を見る釜次郎様の目の輝きに、私は射抜かれました。

〝今は通詞が足りなくて困ってる時代だ。仕事の口なら幾らも紹介出来る。お勝には芸者より通詞の方が似合ってる、この方が食っていけそうだ。何より私は、お勝を芸者にしておきたくないのだ〟

もちろん通詞の娘だった私には、それがどういうことか分かっています。通詞は、殿方にしか許されない仕事。男になれ、と釜次郎様は言っておられたのです。

承知しました、と私は喜んで申し上げました。

だって通詞の方が、芸者よりはるかに自信があったし……第一、釜次郎様にお会いする機会も、ずっと多くなるでしょう？

私がお勝という女になるのは、釜次郎様の前だけと思い決め、何の後悔もなく勝太郎になりました。

私はしゃにむに品川まで参ります。

釜次郎様は、夕方には下船され、お城に向かわれましょう。お伴するつもりです。

綾さん、本当に有難う。もうお会いする機会は望めそうにありませんが、またいつかどこかでお会いしたく思います。どうぞお元気で。

貴女様と知り合えたことを光栄に思います。　　　勝

綾には、馬の腹を蹴って榎本武揚のあとを追う勝太郎の凛々しい姿が、目の前に見えるような気がした。


それから半年後、江戸城は無血開城となった。

だが榎本武揚は、新政府に開陽丸を譲り渡すのを拒み、榎本艦隊を率いて品川沖を脱走し、箱館《はこだて》の五稜郭《ごりょうかく》に立てこもった。

田島勝太郎はそのあとを追って蝦夷地に渡り、フランス兵の通詞をつとめたといわれる。

箱館戦争の後、榎本武揚は降伏して江戸に戻ったが、勝太郎は蝦夷地に残ったとさ

れ、その消息ははっきり分かっていない。

第四話　しぐれ迷い橋

一

「おーい、たいへんだ、たいへんだ」

　篠屋の玄関にそんな大声が響き渡ったのは、慶応四年も始まったばかりの一月下旬のころだった。

　厨房でお孝と談笑しながら水仙《すいせん》を生《い》けていた綾は、一瞬口を噤《つぐ》んだ。が、すぐに主人富五郎のひさびさの帰宅と気づいて、二人は顔を見合わせた。

（やれやれ……）

　日ごろめったに姿を見せないせいか、たまに帰って来る時は、いつでも玄関先で大声を上げるのだ。バツが悪いか、照れ隠しだろうが、毎度のことなので誰も驚かない。

「はいはい、何ごとですか」

お簾も出て行くふうもなく、帳場からのんびりした声で応じている。

「いいか、おかみ、聞いて驚くな。あの成島《なるしま》の殿様が、外国奉行にご出世遊ばされたぞ」

「えーっ！」

案の定、お廉は驚きの声を上げた。

綾も耳をそばだてた。

「つい一か月前に、騎兵頭《きへいがしら》をお辞めなすったばかりなのに？」

成島の殿様とは、成島柳北《りゅうほく》のこと。

柳橋では知らぬ者がいないほど有名で、最も大事にされる上客である。

れっきとした幕臣ながら、この花街を愛し、持てる金も精力も惜しまずつぎ込んできた、粋人《すいじん》中の粋人だからである。

将軍に書物の講義をする奥儒者《おくじゆしゃ》の家に生まれ、若くして父の役職を継いで、二十歳で将軍に仕えた。

そんなお堅い表の顔とは裏腹に、私生活では若年《じゃくねん》のころから柳橋に入りびたった。

そればかりか、舟遊びから芸妓との色事まで、この花街の風俗をつぶさに記録した

『柳橋新誌《りゅうきょうしんし》』を出すに至る。

だが四年前、幕府のお偉方を狂歌で風刺したのがばれ、二年間の閉門蟄居《へいもんちっきょ》の身となった。その間も自邸に芸妓を招《よ》んでいたという。

謹慎が明けると、今までとは畑違いの陸軍の騎兵頭並（副長）に任じられ、横濱の太田《おおた》屯所に赴任したのだ。

「あの遊び人の成島様が、お馬に乗れるのかしら」

などと芸妓の間でも、ひとしきり話題になった。よく落馬して腰骨や腕を傷めてるらしいなど、面白おかしい噂も流れた。

その柳北が騎兵隊の頭として江戸に帰還したのは、昨年五月。太田屯所が手狭になって、神田小川町の講武所跡に引っ越したのだ。

この危急存亡《ききゅうそんぼう》の折、幕軍の主力がお膝元に移って来るのは心強い、と富五郎が喜んだが、半年後の十二月に病いを理由に辞めてしまった。

「ただの噂じゃないですか？」

「いや、さるご老中からじかに聞いた話だ、間違いない」

（ご老中？）

綾は手早くお茶の準備を整えながら、富五郎の底知れぬ人脈に感じ入った。情報が速いのはそのお陰だろう。

宿の経営や船頭のあしらいはお簾に任せっきりだが、船宿の主人として町内会の世話役をつとめている。また一見無駄としか思えぬ幾つかの道楽を通じ、幅広い交友関係があるのだった。

綾がお茶を持って帳場に入ると、

「……話は聞いたろう？」

と茶碗を鷲掴《わしづか》みにして豪快に啜り上げながら、富五郎は機嫌よく話しかけてきた。

「はい、でもあの成島の殿様が、外国奉行とは……」

柳北の〝へちま〟のような長い顔が浮かんで、つい口走ってしまった。

「おいおい、ああ見えて成島様は、馬はともかく、弓術《きゅうじゅつ》には長《た》けておられる。そんな陰口を叩いて笑ってると、そのうち遠くから射抜かれるぞ」

「ほほほ……それなら、柳橋中の芸妓が射抜かれますよ」

火鉢の火を掻き熾しながらお簾が笑いだした。

「でも、そんなに偉くなられちゃ、柳橋にお出ましにならなくなるんじゃないの。このご時世、景気が悪くて困ってるんですから、もっとじゃんじゃんお出まし頂かないと」